Vergib mir die Zeit

–

Christine Du Valle

Leni und Lucas, zwei Menschen aus zwei verschiedenen Welten, an vollkommen unterschiedlichen Punkten in ihrem Leben. Lucas, ein umjubelter Rockstar auf Europa - Tournee und Leni, eine junge Fotografin am Beginn ihrer Karriere. Das Schicksal jedoch bringt beide zur gleichen Zeit an denselben Ort. Nun könnte das Glück hier schon vollkommen sein, doch die Wege der beiden trennen sich und was zuvor so klar schien, gerät unerwartet aus den Fugen in ein verstricktes Konstrukt aus Widerspruch, Verzagen, Hoffnung und der ewigen Frage, was wäre wenn ...

Bibliografische Information der Deutschen Nationalbibliothek:
Die Deutsche Nationalbibliothek verzeichnet diese Publikation in
der Deutschen Nationalbibliografie; detaillierte bibliografische
Daten sind im Internet über http://dnb.dnb.de abrufbar.

Umschlaggestaltung und Satz: Goldmannart
Lektorat und Korrektorat: Franziska Götz

2. Auflage

Herstellung und Verlag: BoD – Books on Demand, Norderstedt
ISBN: 978-3-748-13846-4

Christine Du Valle

Vergib mir die Zeit

Roman

Prolog

Die Zeit ist eine rationale Sache, doch viel zu oft erinnert sie an ein launisches Kind. Sie kann für dich arbeiten oder gegen dich sein. Sie kann Stunden wie Minuten vergehen lassen oder quälend langsam erscheinen. Gutes kommt oft zu plötzlich, um es fassen zu können, doch Leid lässt sie dich im Zeitlupentempo wahrnehmen. In kleinen Sequenzen möchtest du die Zeit einfangen, festhalten und immer wieder abspielen lassen. Sie heilt alle Wunden und Narben lässt sie, meist verblasst, zurück. Sie macht uns zu dem, was wir sind, und kann Freude und Leid schenken. Die Zeit lässt sich nicht vorspulen oder anhalten. Egal wie sehr wir es uns wünschen, sie wird immer voranschreiten und die kleinen und großen Geschichten des Lebens erzählen.

1

Gedankenverloren ging sie den Bahnsteig auf und ab, wartend auf den Zug, der niemals pünktlich zu kommen schien. Es war ungewöhnlich kalt und regnerisch für diese Jahreszeit. In ihren Händen hielt sie wie so oft ihr Handy. Immer wartete sie, auf den nächsten Anruf, den nächsten Zug oder den nächsten Abschnitt ihres Lebens.

„ICE nach Köln heute voraussichtlich 10 Minuten später", dröhnte es aus den Lautsprechern. Der Wind frischte auf und ein Schauer überfiel sie. Die Jacke, die sie heute Morgen angezogen hatte, war zu dünn, um dem unsteten Maiwetter zu trotzen. Sie hasste dieses Wetter und im regnerischen Grau fühlte sie sich durchgehend melancholisch und ohne jeglichen Elan. Wahrscheinlich ging es jedem so, dachte sie, doch das Gefühl ließ sie nicht los, dass sie besonders wetterfühlig war. Die Menschen, die im Wartebereich gesessen hatten, standen allmählich auf und beobachteten, wie die verspätete Bahn langsam einfuhr. Schleppend langsam, so kam es ihr vor, so zermürbend wie das Wetter. Gemächlich nahm auch sie ihren Rollkoffer und schlenderte in Richtung der heranfahrenden Bahn. Der Koffer war klein, nur ein Handgepäckkoffer, auf dessen Vorderseite ein Namensschild klebte. In feinen, akkuraten Buchstaben war dort zu lesen: „Bitte hier Namen eintragen", doch das weiße Feld darunter war leer geblieben. Man sah auch ohne Beschriftung, dass dieser Koffer Leni gehörte. Er war klein, rot und zerschlissen. Hätte sie sich heute als Koffer charakterisieren müssen, hätte sie sich genau so beschrieben. Ein Lächeln huschte über ihr Gesicht bei dem Gedanken daran. Der Zug war völlig überfüllt und Leni musste vor den Toiletten im Gang stehen und auf einen freien Sitzplatz warten. Ein grässlicher Geruch wehte ihr in die Nase und das rege Treiben der wandernden Passagiere zwang sie ständig dazu, sich an die Wand drücken zu lassen. Sie ließ es über sich ergehen und versuchte gleichzeitig nicht durch die Nase zu atmen. Die Fahrt ging nach einer gefühlten Ewigkeit los und Leni flüchtete sich in ihre Lethargie, um die unbequeme Situation auszublenden.

Es war ein Montag und während Leni in der Bahn vor sich hin sinnierte, erging es Lucas ein paar hundert Kilometer südlicher nicht viel besser. Er saß in einer Pressekonferenz und musste die ewig gleichen Fragen beantworten. Durch die Routine, die er seit über 10 Jahren auf der Bühne und mit der Presse hatte, machte er inzwischen die immer gleichen Witze bei den immer gleichen Fragen. Er wollte sich das wieder abgewöhnen, denn es wirkte auf Dauer auswendig gelernt, doch Gewohnheiten ließen sich nicht so einfach abschütteln. Gedankenverloren blickte Lucas in die Pressemeute und versuchte der nächsten Frage genügend Aufmerksamkeit zu schenken.

„Welche Länder werden Sie auf ihrer nächsten Tour bereisen?", hieß es plötzlich aus dem Publikum. Am liebsten Keines, hätte er gerne aus Trotz gesagt, doch seine Professionalität ließ ihn nicht im Stich. Er beugte sich vor und antwortete in das Mikrofon:

„Wir werden dieses Mal nur durch Europa touren. Überwiegend durch Deutschland, Frankreich und Spanien. Aber auch Irland und England werden dabei sein." Er freute sich zwar nicht auf den ganzen Trubel um seine Person, aber er freute sich auf die anstehende Tour. Lucas ließ sich wieder zurück auf seinen ungewöhnlich harten Stuhl sinken und ermahnte sich abermals, konzentriert zu bleiben. Auf der Bühne zu stehen und zu performen war sein Leben, doch alles drum herum ermüdete ihn zunehmend. Er hatte das Gefühl, dass Presse- und Fernsehinterviews einen Großteil seiner Zeit in Anspruch nahmen. Zeit um Songtexte zu schreiben oder einfach nichts zu tun, blieb ihm fast nie. Bald sollte die neue Tour beginnen. Zuerst nach Deutschland, wo sich die meisten Fans befanden und dann weiter durch Europa. Für Lucas waren die Deutschlandkonzerte der schrecklichste Teil der Tour, denn er konnte fast nirgendwo ungestört sein. Jedoch gehörte dies zu seinem Leben als Musiker einfach dazu. Umgeben von seiner Band hingegen fühlte er sich wohl und konnte die Touren zumindest auf der Bühne genießen. Die nächste Frage riss ihn aus seinen Gedanken:

„Unsere Leser interessiert neben der anstehenden Tour auch, ob Lucas Sean verliebt ist." Nur eine Antwort blieb ihm auf diese Frage:

„Nein, das ist er nicht", gab Lucas etwas zu trotzig zurück. Er würde wohl immer diese Antwort geben, auch wenn es nicht so wäre, denn auf die Zurschaustellung seines Privatlebens hatte er keine Lust. Er war lange nicht mehr verliebt gewesen. Nicht, dass ihn Frauen nicht interessierten, aber in seinem Leben drehte sich so viel um Lug und Trug, dass er

Angst hatte, jemandem zu vertrauen. Und einen Fan einfach mit in sein Hotelzimmer zu nehmen, von denen es reichlich gegeben hätte, war nicht sein Ding. Er hatte eher die Schwierigkeit, seine oftmals sehr jungen Fans von seinen Hotelzimmern fernzuhalten. Die Luft in der Lobby des Hotels in Madrid wurde immer stickiger. Zu viele Menschen und zu wenig Sauerstoff machten alle träge und schläfrig. Nach etwa einer halben Stunde wurde die Konferenz daher frühzeitig beendet. Lucas war hocherfreut darüber und erwachte rasch wieder aus seiner vorherigen Lethargie. Er merkte, wie wieder ein wenig Leben in seine Beine zurückkehrte. Lucas war froh, heute doch noch etwas Zeit übrigzuhaben, denn er wollte noch eine Kathedrale in der Innenstadt von Madrid besichtigen. Er liebte alte Kirchen und geschichtsträchtige Architektur. Das war unter anderem ein Grund dafür, warum die bevorstehende Tour zu einem großen Teil in Kirchen stattfinden sollte. Langsam bahnte er sich, umgeben von seinen Bodyguards, einen Weg aus der stickigen Lobby zu seinem Wagen am hinteren Ausgang des Foyers. Vor den Flurtüren, die ihn vom wartenden Publikum trennten, hörte er weibliche Fans seinen Namen rufen und laut schreien. Seine Bodyguards schirmten ihn sofort ab. Auf der einen Seite konnte er verstehen, Fan von Jemandem oder Etwas zu sein, aber schreiend vor einer Tür zu stehen, ging über sein Verständnis hinaus. Es gab auch Bands und Musiker, die er gut fand, doch hatte er die meisten von Ihnen schon getroffen oder war sogar gut mit ihnen befreundet. Vielleicht war es für ihn deshalb gar nicht möglich, dieses Mysterium zu verstehen, da „Stars" für ihn ganz selbstverständlich zu seinem privaten Umfeld gehörten. Die beiden Bodyguards zu seiner Rechten und Linken führten ihn um mehrere Ecken durch den hinteren Teil des Gebäudes. Hier und da sah er einige Angestellte des Hotels tuschelnd hinter vorgehaltener Hand in Türrahmen stehen und ihm hinterher sehen. Der dicke Teppich unter seinen Füßen verschluckte die Geräusche ihrer schnellen Schritte auf dem Weg zum Hinterausgang, wo bereits eine Limousine auf ihn wartete. Die Türen öffneten sich beim näherkommen wie von selbst, Lucas trat hinaus und rutschte auf die kühlen Ledersitze des Wagens. Kaum, dass die Tür hinter ihm geschlossen wurde, rauschten sie los. Im Augenwinkel konnte er noch ein paar wartende Menschen vor dem Hotel seinem Wagen hinterherschauen sehen. Lucas lehnte sich zurück in die weichen Sitze und atmete tief durch. Auf der Rückbank sitzend grübelte er noch eine Weile über die überstandene Pressekonferenz nach. Sie hatten sie relativ kurz und problemlos abwickeln können. Hoffentlich würde die Tour genauso reibungslos verlaufen, dachte er. Nach ein paar Minuten Fahrt jedoch, war er eingeschlummert. Ein paar Minuten Ruhe, die er in den nächsten Wochen nicht mehr haben würde.

2

Nach einer langen Fahrt, eingeengt zwischen zu vielen Menschen, hatte Leni ihr Ziel endlich erreicht. Sie lebte in Köln, in einer traumhaften Wohngemeinschaft wie sie fand. Die Wohnung war für den Mietpreis ungewöhnlich groß und versprühte zudem Lenis geliebten Altbaucharme. Die hohen Decken, die Dielenböden, die Fenster. Sie mochte einfach alles an dieser Wohnung und konnte sich nicht vorstellen, in einer anderen zu leben. Doch das Beste war, dass sie an ihrem Zimmer einen kleinen Balkon hatte, der nur ihr gehörte. Ihre Sommeroase im Hinterhof. Sie hatte sich alle Mühe gegeben, den Balkon gemütlich und freundlich zu gestalten. Es gab Holzfliesen auf dem Boden und reichlich bunte Blumen, die einen angenehmen Duft verbreiteten. Überwiegend waren es große, gelbe, leuchtende Sonnenblumen, die sich leicht im Wind wogen, doch auch Tulpen und Rosen. Zudem hatte sie einen kleinen Tisch in stundenlanger Handarbeit mit Mosaiksteinchen versehen und dazu zwei alte Holzstühle vom Trödelmarkt gestellt. Einer war blau, der andere hellrosa. Leni war glücklich darüber, denn es war, wenn auch zusammen gewürfelt, ihr eigenes Zuhause. Auf dem Weg vom Bahnhof nach Hause musste sie noch einige Stationen mit der Straßenbahn fahren. Bei jedem Umsteigen von einer zur anderen U-Bahn hieß es immer wieder: Warten, Drängeln, Schubsen. Leni hatte das Gefühl, dass ihr kleiner Koffer immer schwerer wurde. Es wurde gerade dunkel, als sie endlich zu Hause eintraf und die Tür im dritten Obergeschoss des Altbaus aufschloss. Marla schoss um die Ecke und rannte an ihr vorbei in die Küche.

„Ahhh! Das Wasser kocht über!", rief sie Leni im Vorbeilaufen zu. „Möchtest du auch etwas mit essen?"

Leni hielt erschrocken den Atem an, um dann in lautes Gelächter auszubrechen. So kannte sie ihre Freundin und Mitbewohnerin, immer chaotisch, aber herzensgut. Auch Marla musste nun prusten, als sie Leni in der Tür vor Lachen zusammenbrechen sah.

„Ja, ich würde gerne was mit essen!", hustete Leni nach Luft schnappend. „Was gibt es denn?"

Marla stocherte mit einer Gabel in einem Topf herum und hielt Leni dann eine angebrannte Nudel hin.

„Eigentlich sollte es Pasta geben, aber das hier sieht eher nach gebratenen Nudeln aus. Fehlt nur noch die süß-saure Soße."

Leni musste wieder lachen, kam in die Küche und nahm ihre Freundin in die Arme.

„Weißt du was, ich wollte dich heute eh zur Feier des Tages zum Essen einladen." Schlug Leni vor.

„Wirklich? Was feiern wir denn?", grinste Marla Leni an. „Sag nicht du hast den Auftrag bekommen?"

Leni nickte nur und strahlte bis über beide Ohren. Der Stress des heutigen Tages und ihre schlechte Laune fielen von ihr ab. Hier war sie glücklich und konnte ihren Erfolg mit ihrer besten Freundin feiern. Als frisch gebackene Fotografin hatte sie ihren ersten großen Auftrag an Land gezogen. Für eine bekannte Zeitschrift sollte sie einen Bildband über Kirchen und Kathedralen in Deutschland fotografieren. Das hieß reisen, neue Menschen kennen lernen und unbekannte Städte erkunden. Doch vor allem bedeutete es, eine feste Einnahmequelle für eine gewisse Zeit zu haben. Marla nahm den Topf von der Herdplatte und warf die angebrannten Nudeln in den Mülleimer.

„So, dann müssen wir uns aber erst noch in Schale werfen. Das muss richtig gefeiert werden." Befahl Marla ihrer Freundin scherzhaft.

„Und mir würde auch eine Dusche nicht schaden. Der ganze Zugmief hängt noch an mir." Bestätigte Leni.

Das würde heute vielleicht doch noch ein schöner Ausklang, dachte Leni. Langsam begriff sie, dass sie es wirklich geschafft hatte. Schon in einer Woche würde es losgehen. Dann würde sie endlich für ihre geliebte Arbeit bezahlt werden. Doch noch wusste sie nicht, wo es hingehen sollte. Weder Kirchen noch Orte waren ihr bekannt. Nur, dass es eine Tour sein würde, wusste sie. Es würden auch bekannte Kathedralen dabei sein, wurde ihr gesagt, doch wo genau, dass sollte erst noch von den Herausgebern der Zeitschrift beschlossen werden. Leni war aufgeregt und ein Kribbeln begann sich in ihrer Magengegend auszubreiten. Es gab noch vieles, was Leni in den nächsten Tagen vorbereiten und erledigen musste. Und schon Morgen würde sie erfahren, wo es zuerst hinging. Doch zuvor hieß es aus dem anderen Teil der Wohnung: „Auf Los, geht's los!" Marla war bereits auf dem Weg in ihr Zimmer um sich umzuziehen, während Leni noch immer über ihre nahe Zukunft nach dachte.

„Komm schon Leni, ich habe Hunger!" Meldete Marla aus dem Nachbarzimmer. „Willst du in der Küche festwachsen?"

Zog sie Leni auf.

Leni gab sich einen Ruck und stiefelte aus der Küche, nahm ihren Koffer aus dem geräumigen Flur und ging in ihr Zimmer. Es war warm und etwas stickig, denn niemand hatte in den Tagen, als sie weg war, gelüftet.

Leni musste schmunzeln, denn sie hatte Marla eigentlich vor ihrer Abfahrt darum gebeten. Sie öffnete rasch ein Fenster und ließ eine frische Brise hinein, dann legte sie ihren Koffer auf einen Stuhl neben ihren Schrank. Sie öffnete ihn und packte ihre dreckige Wäsche in einen Wäschekorb zu ihrer Linken. In den drei Tagen Casting für die Fotostrecke hatte sich einiges an Wäsche angesammelt. Leni hatte jeden Tag gut aussehen wollen, denn sie wusste, dass auch Stilsicherheit zählte. Doch wie es aussah, hatte sie alles richtig gemacht. Fünf weitere Fotografen waren von der Zeitschrift „Cultures" zum Vorstellungsgespräch nach Hamburg eingeladen worden. Leni hätte nie gedacht, dass sie auch nur den Hauch einer Chance gehabt hätte. Sie war wesentlich jünger als ihre Mitstreiter und hatte weniger Erfahrung mitgebracht. Doch wie es schien, war sie diejenige, die sich am besten für diesen Job geeignet hatte. Sie wusste nicht warum, aber nun war es ihr auch egal, denn sie hatte den Job bekommen und den Vertrag bereits unterschrieben.

Lenis Zimmer war sehr groß und hell. An den bodentiefen Fenstern hingen schwere, tiefblaue Vorhänge. Die vielen Bilder an den weißen Wänden verrieten ihren Beruf und ihre Leidenschaft. Sie zeigten hunderte von Menschen und Orten, sowie Gebäude, die beeindruckend wirkten. Die hellen Möbel, die bunt zusammen gewürfelt waren, bildeten einen Kontrast zu den dunklen Vorhängen. Leni griff in ihren Schrank und suchte etwas Passendes für den heutigen Abend heraus. Es sollte definitiv eine Hose werden, denn sie wollte nicht wieder frieren und womöglich noch riskieren, vor der geheimnisvollen Tour krank zu werden. Nach kurzem Suchen hielt sie eine schwarze Jeans und ein blassgraues Shirt in den Händen. Dazu nahm sie ihre Lieblingsjacke und die schwarzen Pumps, die sie von ihrer Mutter geschenkt bekommen hatte und das Outfit perfekt abrundeten. In letzter Zeit hatte sie sich für ihr Gefühl schon viel zu viele Gedanken über ihre Kleidung und deren Zusammenstellung machen müssen, doch sie hatte die leise Vorahnung, dass sie das in Zukunft öfter würde tun müssen. Leni ging in das Bad, welches am anderen Ende des Flures lag und stellte den CD-Player an. Marla begann sofort aus ihrem Zimmer heraus lauthals mitzusingen. Sie tänzelte aus ihrem Zimmer und stöckelte mit nur einem ihrer Highheels am Fuß durch den Flur. Leni, die inzwischen bereits einen Bademantel trug, drehte das Gerät noch ein wenig lauter und begann ebenfalls voller Inbrunst mitzusingen. Beide sahen sich durch die halb geöffnete Badezimmertür an und mussten über das komische Bild lachen. Immer noch prustend schloss Leni die Badezimmertür und stieg unter die Dusche.

Es ging durch mehrere kleine Außenbezirke Madrids, Straße um Straße Richtung Stadtzentrum. Sein Fahrer sollte Lucas beim Haus seiner Schwester absetzen, die im Stadtteil Rios Rosas ein traumhaftes Haus mit Garten ihr Eigen nennen durfte. Nach einer kurzen Fahrt kamen sie am Gartentor seiner Schwester Milly zum Stehen und Lucas schlich sich durch den Hintereingang des Gartens an den Paparazzi vorbei zum Haus. Am vorderen Zaun waren zu viele Menschen, als dass er hätte ungesehen in der nächsten Stunde ins Haus gelangen können. Er öffnete die Tür an der Rückseite des Hauses und trat nahezu geräuschlos in den Flur. Zu seiner Linken entdeckte er Milly, die an der Wand gelehnt auf ihn wartete. Ihm ging das Herz auf, als er sah, dass sie ihn freudig anstrahlte.

„Na, du schleichst dich inzwischen durch die Hintertür ins Haus?" Fragte sie mit einem Lächeln auf den Lippen.

„Ja, die vielen Menschen vor der Tür nerven und in den nächsten Wochen werde ich noch genug Trubel haben." Erwiderte Lucas resigniert und atmete tief durch.

„Komm großer Bruder, wir sind alle in der Küche. Rate mal wer uns heute Mittag überrascht hat?" Lucas hatte keine Ahnung und hätte sich beinahe jeden aus seiner Familie vorstellen können. In diesem Moment blickte ihn ein bekanntes Gesicht von der Küchentür her an.

„Fin!", rief Lucas. „Was machst du denn hier alter Freund? Mit dir hätte ich gar nicht gerechnet!"

„Na, wenn du schon mal in der Stadt bist, muss ich dich doch noch sehen, bevor deine große Tour losgeht." Klopfte ihm Fin auf die Schulter. Er und Lucas kannten sich seit ihrer Geburt. Sie waren als kleine Jungs zusammen zur Schule gegangen und hatten sich trotz der ständigen Umzüge seiner Familie nie aus den Augen verloren. Lucas musste sich jedoch eingestehen, dass Fin ein viel treuerer Freund war, als er selbst und heute war er sogar nach Madrid gekommen. Lucas fühlte sich schlecht deswegen, aber er wollte die Zeit mit ihm gewissenhaft nutzen. Sie gingen Arm in Arm in die Küche, wo die restliche Familie an einem großen

Küchentisch zusammen saß und auf ihn wartete. Nahezu die ganze Familie Sean hatte sich versammelt. Das war eine Seltenheit und Lucas wollte die kurze, ausgelassene Zeit mit ihnen genießen. Alle seine Lieben waren bei ihm. Milly, seine kleine Lieblingsschwester, ihr Mann Parguess und ihre zwei Kinder David und Lucia. Am anderen Ende des Tisches hampelte seine kleinste Nichte Alba herum, die Tochter seines älteren Bruders Adam. Er und seine Frau Ellen lebten in Irland, doch in dieser Woche wollten sie bei Lucas sein, um ihn zu unterstützen. Zudem war Fin aus seinem Geburtsort Aranjuez dazu gekommen, das nicht allzu weit von Madrid entfernt lag. An der Küchentheke lehnte seine ältere Schwester Louanne. Sie lebte seit ihrer Geburt, sofern es ihr möglich war, immer in der kleinen Stadt Dijon im Burgund. In Frankreich fühlte sie sich immer am wohlsten und Lucas konnte das vollkommen nachvollziehen. Die Gegend um Dijon war eine sehr lange Zeit ein Rückzugsort für ihn gewesen. Bei Louanne hatte er mehrere Jahre gelebt und an seiner Musik gearbeitet. Er hatte eine Auszeit gesucht und sie dort gefunden. Louanne war alleine nach Madrid gekommen, denn ihr Sohn Nathan studierte in Paris und ihr Mann Thomas war als Arzt aus dem kleinen Ort Dijon nicht wegzudenken. Es kam nur selten vor, dass er die Stadt für längere Zeit verließ. Sie waren schon eine seltsame Familie, wenn Lucas so darüber nachdachte. Alle hatten ihre ganz eigenen Leben in unterschiedlichen Ländern und doch verband sie ein starkes Band der gemeinsamen Vergangenheit und Liebe für einander. Sie hatten gelernt gemeinsam Tiefschläge wegzustecken und sich umeinander zu kümmern. Vor allem Louanne hielt die Geschwister mit ihrer Fürsorge und Liebe zusammen.

Gerade an Tagen wie heute wurde Lucas wieder einmal bewusst, wie wichtig seine Familie für ihn war.

Milly goss allen frischen Tee ein und sie setzten sich zusammen an den großen Holztisch. Fin wurde über Aranjuez ausgefragt und Lucas über seine zukünftige Tour. Alle lachten viel und machten Späße. Alba konnte gar nicht ihre kleinen Finger von Lucas lassen und sprang die meiste Zeit auf ihm herum. Doch bald wurde es Zeit, dass die Kinder ins Bett mussten und das Gejammer und Gebettel der Kleinen losging. Das war immer einer der Momente, in denen Lucas froh war, dass es nicht seine Kinder waren, denn so musste er sich nicht darum kümmern, sie ins Bett zu bekommen. Er durfte einfach der lustige Onkel sein und musste lachen, als die kleine Alba ihre dünnen Ärmchen um ihn schlang, um noch länger bei den Erwachsenen bleiben zu können. Doch Ellen ließ keine Ausnahme zu, packte die sich windende Alba und brachte sie unter großem Widerstand aus der Küche. Eine eigene Familie war auch das, was er in Zukunft gerne wollte, nur an der Partnerin und der Zeit haperte es noch. Lucas wollte sich mit seinen 30 Jahren nicht unter Druck setzen und schob den Gedanken wieder beiseite. Als nach wenigen Minuten wieder Ruhe am Tisch eingekehrt war, wollten Fin und Lucas sich auf den Weg zur Kathedrale machen. Das hatte er sich für heute noch vorgenommen und es freute ihn, dass Fin ihn begleiten wollte. Louanne war davon jedoch nur wenig begeistert, denn sie befürchtete, dass die Beiden es gar nicht erst bis zur Kathedrale schafften, da Lucas vorher erkannt werden würde. Doch Lucas setzte sich eine Mütze auf und zog eine unauffällige Jacke über. Die wenigsten würden ihn nur zu zweit unterwegs erwarten. Umringt von Bodyguards wäre er viel mehr aufgefallen. Lucas fiel auf, dass Louanne die Beiden immer noch zweifelnd ansah. Sie war von ihrer Verkleidung nicht sonderlich überzeugt war, doch Fin nahm Louanne den Wind aus den Segeln noch ehe sie abermals etwas gegen ihren Ausflug sagen konnte.

„Louanne, du behandelst Lucas immer noch wie einen 12-Jährigen." Lachte Fin.

Dies war die Wahrheit und nur logisch. Als älteste Schwester hatte Louanne mit gerade einmal 21 Jahren nach dem frühen Tod der Mutter die Kleinen nahezu alleine aufgezogen. Es fiel ihr seither immer schwer, sie alleine ihre Fehler machen zu lassen und sie nicht als ihre eigenen Kinder zu sehen. Für Lucas wiederum, waren Louanne und ihr Mann Thomas von dem Tag an mehr als nur Schwester und Schwager. Seine Mutter war gestorben, als er gerade einmal drei Jahre alt gewesen war und er war Louanne mehr als nur dankbar, dass sie ihn, Adam und die jüngste Schwester Milly aufgezogen hatte. Lucas küsste seine Schwester liebevoll auf die Stirn. Sie lächelte ihn dankbar an und warf Fin im nächsten Moment einen vielsagenden Blick zu.

Adam hingegen machte sich einen Spaß aus der Situation.

„Ruft an, falls ich euch irgendwo herausholen muss."

Damit handelte er sich einen Seitenkniff von Louanne ein, die nun aber auch lachen musste. Lucas und Fin verließen schmunzelnd das Haus durch die hintere Gartentür, hörten beim Verlassen aber noch die Sticheleien von Louanne. Vor der Tür schlug ihnen augenblicklich eine kühle Abendbrise entgegen. Es war angenehm, denn in den letzten Tagen war es auch abends noch ziemlich heiß in Madrid gewesen. Fin ging voran und durchquerte mit wenigen Schritten den Garten um zu schauen, ob auf der Straße, hinter dem Gartentor, Menschen standen, die so aussahen, als würden sie auf Lucas warten. Doch die Luft war rein und sie konnten sich unbehelligt auf den Weg zur wohl bekanntesten Kathedrale Spaniens, der Santa María la Real de La Almudena, machen. Lucas war schon oft dort gewesen, obwohl es schon lange her war seit dem letzten Mal. Zudem hatte Fin sie noch nicht von innen gesehen und Lucas freute sich, ihm einiges erklären zu können. Schon Morgen würden die letzten Proben mit seiner Band starten. Zwei Stücke mussten sie noch für das Ende der Konzerte finden und dies waren immer die schwierigsten Entscheidungen, wie er fand. Lucas legte seinem Freund den Arm um die Schultern und sie schlenderten plaudernd und lachend die zwanzig Minuten bis zur Kathedrale. Der Mond schien bereits hell und es gab auch ein paar Sterne, die sich hervortrauten. Es war bis auf ein paar verliebte Pärchen und wenige Touristen niemand weit und breit zu sehen, und so lag ein ruhiges und wunderschönes Madrid vor ihnen.

3

Leni drehte sich vom Rücken auf den Bauch als ihr das morgendliche Sonnenlicht ins Auge stach. Sie wollte noch nicht aufwachen. Der Abend mit Marla war viel zu lang gewesen, denn aus dem gemeinsamen Essen war noch eine kleine Kneipentour geworden. Es hatte Spaß gemacht, doch heute hätte sie sich dafür ohrfeigen können. Noch einmal versuchte sie wieder ins Land der Träume zurückzukehren, doch es wollte einfach nicht gelingen. Resigniert rollte sie sich aus dem Bett und setzte langsam einen Fuß nach dem Anderen auf den Holzfußboden. Augenblicklich zog ein stechender Schmerz durch ihren Rücken. Sie hatten doch zu viel getanzt, wie Leni feststellen musste. Sie streckte sich und versuchte die bleierne Müdigkeit von sich abzuschütteln, als plötzlich ihr Handy anfing auf dem Holzboden zu vibrieren. Wie eine Klapperschlange wanderte es von ihr weg. Schnell griff Leni danach und sah auf das Display. „Cultures". Schnell räusperte sie sich und tippte auf den kleinen grünen Hörer, um den erwarteten Anruf entgegenzunehmen.

„Auch", sagte sie betont freundlich ins Telefon, obwohl ihr gerade gar nicht nach Freundlichkeit zumute war.

„Frau Auch, schön Sie zu erreichen, „Cultures" am Apparat." Sprach eine ihr unbekannte Frau auf der anderen Seite.

„Ich rufe Sie an, um Ihnen vorab die erste Örtlichkeit für das Shooting zu nennen und um mit Ihnen den Treffpunkt und die Vorgaben zu besprechen. Über alles Weitere werden Sie natürlich noch schriftlich informiert. Wir müssen den ersten Termin telefonisch besprechen, da er recht zeitnah ansteht." Rasselte die Dame monoton herunter. „Haben Sie etwas zu Schreiben parat?"

Schloss sie mit einer Frage ihren Monolog ab. Leni wirbelte hoch. „Ja, ja natürlich, einen Moment bitte." Antwortete Leni und kramte auf ihrem Schreibtisch herum, wo sie nur kaputte Kugelschreiberminen finden konnte.

„Einen klitzekleinen Moment bitte noch, da habe ich einen, ja es kann losgehen Frau …?" Stotterte Leni ins Telefon.

„Aumann ist mein Name." Antwortete Frau Aumann nur knapp und setzte ihren unterbrochenen Monolog fort. „Also, der erste Termin ist bereits diesen Samstag in Düsseldorf in der St. Peters Kirche. Dies ist ja nicht weit von ihrem Wohnort entfernt, wie ich in meinen Unterlagen sehe und es wurde entschieden, dass diese Location für den Anfang bestens geeignet ist. Sie werden sich dort um zwölf Uhr mit Frau Heinrich treffen. Sie wird Ihnen alles Wichtige zeigen und erklären." Sie holte kurz Luft: „Ach wie ich sehe, wird dort an diesem Tag auch ein Konzert stattfinden."

Schnell schoss Leni eine Frage dazwischen. „Ähm, entschuldigen Sie bitte, aber welches Konzert denn? Es hieß immer, dass ich nur die Kirchen fotografiere. Von Konzertfotografie war, meines Wissens nach, keine Rede."

„Ach so, ja hier steht es. Das wurde so geplant, da der Bühnenaufbau usw. ebenfalls fotografiert werden soll. Welches Konzert es sein wird, kann ich aus meinen Unterlagen jedoch nicht ersehen. Eventuell können Sie auch die verschiedenen Lichtstimmungen einfangen. Eben was ihnen einfällt, das können sie vor Ort selber entscheiden." Reagierte Frau Aumann recht patzig. Leni war nervös. Gleich in der ersten Örtlichkeit mit Publikum zu fotografieren hatte sie nicht erwartet. Doch es ging endlich los und das zählte.

„Bei Ihnen wird morgen oder übermorgen der Vertrag für diese Kirche im Briefkasten liegen. Dann rufen Sie mich bitte noch einmal an, falls Sie Fragen haben. Ach, bevor ich es vergesse, checken sie in das Hotel bitte nicht vor zehn Uhr ein. Aber es liegt nah bei der Örtlichkeit und sie müssten es pünktlich um zwölf Uhr schaffen, an der St. Peter Kirche zu sein." Ratterte Frau Aumann aus dem Hörer. „Auf Wiederhören und einen schönen Tag wünsche ich Ihnen." Schloss Frau Aumann das Telefonat und legte auf.

Leni sah verdattert auf ihr Telefon. Das ging schnell, doch nun war sie sehr gespannt auf den Vertrag. Irgendwie war plötzlich alles so professionell und greifbar. Sie war erwartungsvoll, doch die Müdigkeit übermannte Leni und ließ sie zurück in ihre Kissen sinken. Ihre Augen wurden schwer und schlossen allmählich das Tageslicht aus. Mit Gedanken an das abstrakte Telefonat, glitt Leni innerhalb wenigen Minuten wieder zurück ins Land der Träume. Sie träumte viel und wild von Terminen, die sie verpassen würde und, dass das Publikum in der Kirche sie auslachen würde, da sie beim Fotografieren stolperte und der Länge nach hinschlug. Sie wälzte sich hin und her, bemüht darum noch ein wenig Schlaf zu bekommen, doch die Anspannung in ihr ließ sie, trotz der Müdigkeit, nicht mehr lange schlafen. Leni gab es auf. Abermals zwang sie sich aus dem Bett und ging schlussendlich ins Bad. Sie startete in einen unbeholfenen und aussichtslos vertrackten Tag. Der Vertrag kam wie angekündigt am nächsten Tag. Als Leni von ein paar Außenaufnahmen wieder nach Hause kam, lag ein brauner Umschlag auf dem Küchentisch. Mitten darauf prangte ein Smiley. Das konnte nur Marla gewesen sein. Leni hatte ihr von dem schrecklichen Telefonat mit Frau Aumann erzählt und nun wollte Marla unfreundliche Menschen nur noch „Au-Männer" nennen. Leni war sich jedoch nicht sicher, ob sich das durchsetzen würde, doch wollte sie ihrer Freundin nicht den Spaß nehmen. Sie riss den Umschlag am oberen Rand auf und griff hinein. Ein Haufen Formulare und ein Anschreiben kamen zum Vorschein.

„Sehr geehrte Frau Auch, anbei senden wir Ihnen den Vertrag für die St. Peter Kirche in Düsseldorf und die Liste der weiteren Örtlichkeiten sowie der Pläne für Fahrten und Übernachtungen. Wir freuen uns auf die Zusammenarbeit mit Ihnen, mit freundlichen Grüßen Ihr Cultures-Team."
Leni war aufgeregt. Das erste Hotel in Düsseldorf sollte das Grand City Hotel auf der Königsallee sein. Das hörte sich nobel an, beinahe zu nobel, für Lenis Begriffe. Sie fragte sich wie es sein konnte, dass ihr solch eine Unterkunft bezahlt wurde, doch dann musste sie über sich lachen. Das „Cultures" war eine andere Liga als sie es sonst gewohnt war. Wahrscheinlich war es für den Verlag normal seine Fotografen in erstklassigen Hotels unterzubringen. Oder sie hatten sich bei der Buchung einfach vertan? Leni war unsicher. Vielleicht sollte sie doch noch einmal bei Frau Aumann nachhaken. Aber zuvor, wollte sie das Schreiben zu Ende lesen. Nach dem Job in Düsseldorf würde es zwei Wochen später nach Potsdam gehen. Das hörte sich in ihren Ohren auch gut an. Vielleicht würde sie dann ihre Familie in Berlin besuchen

können. Aber das wollte sie kurzfristig entscheiden. Mehr war über die weiteren Kirchen und Städte jedoch noch nicht zu lesen. Leni hätte gerne bereits alle Daten und Orte gewusst, um besser planen zu können. Sie war ein Mensch, der gerne Dinge im Vorfeld organisierte. Weiter wurmte sie, dass keine Informationen zu dem Künstler zu finden waren. Ein Teil von ihr hätte gerne gewusst, auf wen sie dort treffen würde. Doch dem anderen Teil war es beinahe gleichgültig. Soweit Leni zurückdenken konnte, war sie nie ein großartiger Fan von Musikgruppen oder Ähnlichem. Sie liebte die Musik und das Musizieren, aber irgendwelchen Stars hinterher zu schreien und bei Konzerten stundenlang in der Schlange zu stehen war nie ihr Ding gewesen. So wollte sie sich auch erst mal nicht zu sehr verunsichern lassen. Sie war eh schon viel zu angespannt für einen einfachen Fototermin in Düsseldorf.

Lucas Woche war überwiegend problemlos verlaufen. Die Proben flogen dahin und die Sorgen, die er sich bezüglich der letzten Songs gemacht hatte, waren unbegründet. Die Band konnte sich schnell auf das festgelegte Ende einlassen. Am letzten Abend hatte Milly alle zum Abendessen eingeladen und ihre typisch spanische Paella gemacht. Lucas hatte bisher nirgends etwas Vergleichbares gegessen und so viel Herz konnte nur Milly in ein Gericht geben. Dieses Mal hatten sich die Familie im Garten versammelt, da in der Küche nicht genügend Platz für sie alle war. Das Wetter war angenehm warm und ein laues Lüftchen wehte durch die hohen Hecken. Die drei Jüngsten spielten noch im Garten und Lion, ein französischer Violinist und die gute Seele der

Band, spielte ein paar alte französische Chansons. Louanne war ganz vernarrt in ihn und sang bei jedem Lied mit ihrer unvergleichlichen Stimme mit. Auch Adam und Ellen fielen bei ein paar Chansons in den Gesang mit ein. Jedoch kannte Adam aus seiner Kindheit in Frankreich nicht allzu viele französische Lieder, da die Familie wenige Jahre nach seiner Geburt nach Irland umgezogen war. Er war damals gerade vier oder fünf Jahre alt gewesen als sie Frankreich verlassen hatten. Aus diesem Grund war er nie so sehr mit Frankreich verwurzelt wie Louanne. Sie hingegen hatte ihre ganze Kindheit und Jugend in Dijon verbracht. Erst als sie 14 Jahre alt war, musste sie ihre geliebte Stadt verlassen. Thomas, ihren jetzigen Mann, hatte sie bereits in ihrer Schulzeit in Dijon kennengelernt. Sie hatten sich nie aus den Augen verloren und irgendwann stand er in Aranjuez vor ihrer Tür um ihr zu sagen, dass er sie nicht vergessen konnte. Ein Jahr darauf waren sie bereits verheiratet. Als Louanne und Thomas im Alter von 19 und 21 Jahren heirateten, war Lucas gerade ein Jahr und an Milly war noch nicht zu denken gewesen. Sie sollte erst zwei Jahre später auf die Welt kommen. Somit waren Lucas und Milly die mit Abstand Jüngsten unter den Geschwistern. Inzwischen gab es schon eine nächste Generation, die vergnügt im Garten herumtollte.

Als Lucas dachte, er würde jeden Moment verhungern, kam Milly gerade mit der Paella aus der Küche in den Garten geschlendert. Lucas hatte mit seiner Band den ganzen Tag geprobt und zu viel zu erledigen gehabt, als dass er hätte etwas essen können. Zudem war sein Magen den ganzen Tag wie zugeschnürt gewesen. Er wurde langsam nervös. Trotz der Routine und den vielen Jahren als Musiker war

er immer wieder sehr angespannt vor dem ersten Konzert.
„So ihr Lieben, lasst es euch schmecken!" Rief Milly und
stellte die übergroße Pfanne auf den Tisch. Alle langten herz-
haft zu und aus allen Ecken war ein „hmm" und „lecker" zu
hören. Lucas schmeckte es ebenfalls hervorragend. So gut
würde er demnächst nicht mehr essen. Morgen früh sollte es
für die ganze Band nach Deutschland gehen. Heute Abend
wurde bereits das gesamte Equipment nach Düsseldorf
geflogen. Lucas sowie Lion, Pag, die Bassistin, Alex der Key-
boarder und Tom, der Schlagzeuger, würden morgen früh
um sieben Uhr den ersten Flug nach Deutschland nehmen,
um dann noch vor der Generalprobe in ihr Hotel einchecken
zu können. Das versprach ein anstrengender Tag zu werden
und Lucas hoffte, dass er heute nicht zu spät ins Bett kam. Zu
der mit Liebe gezauberten Paella gab es einen leckeren Rotwein der in Lucas ziemlich schnell eine wohlige Müdigkeit
hervorrief. Doch der Rest der Mannschaft war noch ziemlich
fit. So sprach Pag angeregt mit Ellen und Adam hatte nach
dem Essen direkt seine Gitarre herausgeholt, um Lion musikalisch zu begleiten. Louanne und Milly waren wieder in
der Küche verschwunden, um den Nachtisch vorzubereiten.
Nur die kleine Alba war bereits eingeschlafen. Sie lag bei
Ellen auf dem Schoß und schlief tief und fest. Lucia hingegen hatte es sich zur Aufgabe gemacht, Lucas zu piesacken.
Immer wieder kletterte sie auf ihm herum, um dann mit
einem Mal wieder wegzurennen und wie wild zu schreien.
Das war ihr neustes Lieblingsspiel. Mit Vorliebe dachte
sie sich Spiele aus, die sie dann jedem erklärte. Natürlich
musste man diese dann auch für gut befinden, sonst wäre
sie auf das Tiefste beleidigt gewesen. Wie Lucas wusste,

wollte niemand Lucia beleidigt erleben, da sie trotz ihrer liebenswürdigen Art zu echten Wutanfällen tendierte, wenn etwas nicht nach ihrer Vorstellung war. David hingegen war ein eher ruhiges Kind. Er malte oder musizierte vor sich hin, ohne dafür gelobt werden zu müssen. Milly und Louanne erschienen in der Terrassentür und brachten den Nach-tisch. Es gab heiße Pfannkuchen mit Marmelade. Das war die absolute Krönung des Abends und Lucas konnte sich nicht vorstellen, nach dem üppigen Essen auch nur noch eine Minute wach bleiben zu können. Während Lucas bei seinem letzten Bissen des Pfannkuchens an sein Bett dachte, erhob sich plötzlich Adam von seinem Platz und sah in die Runde, bis alle Gespräche verstummt waren: „Lucas, mein kleiner Bruder," begann er seine vom Alkohol motivierte Rede. „Wir alle hier möchten Dir und Deiner tollen Band," er blickte nun alle an, „Alex, Pag, Tom und Lion natürlich, viel Erfolg wünschen. Wir, deine Familie, sind sehr stolz auf Dich und dankbar, dass Du nun wieder den Schritt auf die Bühne wagst. Es ist dein Leben und wir wissen, wie sehr Du es vermisst hast." Lucas verbarg sein gerührtes Gesicht in den Händen und begann zu lachen. „Danke Adam!» Brachte er kaum hörbar hervor. „Das bedeutet mir, uns, sehr viel und wir hoffen, dass Ihr uns mal beehrt auf der Tour."
Ein zustimmendes Raunen ging durch die Gruppe. Louanne kam um den Tisch herum und schloss Lucas in ihre Arme. „Du wirst mir sehr fehlen kleiner Bruder. So sehr!" Lucas konnte sehen, dass ihr Tränen in den Augen standen. Alle sahen sich vielsagend an und ein bedeutungsschwerer Moment lag in der Luft.
„Lasst uns noch einmal die Gläser erheben. Ich danke euch

für Eure Unterstützung und Liebe." Versuchte Lucas die Stimmung wieder in normale Bahnen zu lenken. „Lasst uns noch einmal die Gläser erheben. Ich danke euch für Eure Unterstützung und Liebe." Versuchte Lucas die Stimmung wieder in normale Bahnen zu lenken. Lion verstand seine Anspielung sofort, und begann ein auflockerndes Lied zu schmettern, worauf alle augenblicklich mit einstiegen. Louanne begann zu lachen und Milly und Ellen kamen ebenfalls für eine ausgiebige Umarmung um den Tisch herum. Es war inzwischen spät geworden und langsam machte er sich daran, sich von allen zu verabschieden. Auch Pag, Tom und Alex wollten sich auf den Weg zu ihrem Hotel machen, welches nur zwei Straßen entfernt von Millys Haus lag. „Danke für alles!" Verabschiedeten sie sich von der über das ganze Gesicht grinsenden Milly. „Danke, dass Du uns so großartig bewirtet hast Milly," begann Pag ihre Verabschiedung, auf welche nach und nach die anderen Milly herzlich an sich drückten. Nur Lion wollte noch im Garten bleiben, um mit Adam wichtige Themen zu erörtern. Sie wünschten sich alle eine gute Nacht und machten sich auf den Weg zu ihren Betten. Ellen kam mit Lucas ins Haus, um die kleine Alba ins Bett zu legen. Aus dem Kinderzimmer von Lucia und David hörten sie bereits eine Gutenachtgeschichte, die Milly ihnen vorlas. Lucas drückte Ellen an sich und gab seiner Nichte Alba einen Kuss auf die Stirn. Dann öffnete er leise die Tür zu seinem Schlafzimmer. Milly hatte ihm, als er vor wenigen Tagen angekommen war, im Gästezimmer ein gemütliches Bett aufgestellt. Nun zog Lucas seine Hose und das T-Shirt aus und hängte beides über einen Stuhl hinter seinem Bett. Eigentlich hätte er sich am liebsten direkt in das ersehnte Bett gelegt aber sein schlechtes Gewissen übermannte ihn und er ging noch ins Bad, um sich die Zähne zu putzen. Er war inzwischen so müde, dass ihm die drei Minuten Zähneputzen wie eine Ewigkeit vorkamen.

Daher beendete er es, sobald sein schlechtes Gewissen ihn verlassen hatte, und machte sich wieder zurück auf den Weg in sein Zimmer. Als er gerade durch die Tür hindurch schlüpfen wollte, trat Milly aus dem Kinderzimmer in den Flur.

„Ich wünsche dir eine gute Nacht meine kleine Schwester. Ich lege mich hin, aber das Essen war wie immer spitze." Sagte Lucas mit einem Lächeln in der Stimme.

Milly kam auf ihn zu und drückte ihn an sich. „Ich werde dich hier sehr vermissen, wenn du nicht mehr da bist. Wir kommen dich auf jeden Fall besuchen auf deiner Tour."

Beide lächelten sich an und Milly versuchte, ihre Tränen zu unterdrücken. Langsam schob sie Lucas in sein Zimmer und drehte sich zur Treppe, um nach unten zu gehen. Lucas blickte ihr nach und sah noch, wie sie sich mit dem Handrücken über das Gesicht wischte. Leise schloss er die Tür und legte sich in sein Bett. Er hatte keine Zeit mehr, nervös zu sein oder sich Gedanken zu machen, denn nach wenigen Sekunden war er in einen tiefen und traumlosen Schlaf gesunken.

Marla und Leni knieten vor ihrem Schrank und hatten jeweils einen Berg aus Kleidung auf ihren Knien gestapelt. Leni wusste einfach nicht was sie anziehen oder mitnehmen sollte. Fünf Sterne tauglich oder eher leger? Marla war der festen Überzeugung, dass Leni nur ihre beste Garderobe mitnehmen sollte.

Leni hingegen war sich da nicht so sicher. Sie wollte sich wohl in ihrer Haut fühlen und sich nicht verkleidet vorkommen. Auf der anderen Seite konnten ein paar ausgehtaugliche Kleider nicht schaden. Nach gut einer halben Stunde hatten sie Lenis kleinen roten Koffer gepackt und von allem etwas hinein sortiert. Leni fühlte sich bereit, doch die Nervosität belegte ihren Magen immer mehr. Eigentlich wusste sie nicht genau, warum sie so aufgekratzt war, schließlich hatte sie schon unzählige Male alles Mögliche fotografiert. Aber irgendwie war es diesmal etwas anderes. Sie wollte nicht nur sich zufriedenstellen, sondern auch ihren Auftraggeber. Sie wollte ihre Arbeit gut machen. Es war inzwischen weit nach Mitternacht und die beiden Freundinnen beschlossen, nach ihrem letzten Glas Wein ins Bett zu gehen. Sie verabschiedeten sich im Flur voneinander und gingen in ihre Zimmer.

„Viel Glück meine Lieblingsfotografin!" Rief Marla Leni aus ihrem Zimmer noch zu.

„Danke! Meine Lieblingsmitbewohnerin!" Erwiderte Leni ehrlich.

Nach dem abendlichen Bad-Ritual schlüpfte Leni unter ihre Decke und ließ sich in ihre Kissen sinken. Sie konnte noch längere Zeit nicht einschlafen, da sie im Kopf immer wieder ihre Checkliste für ihr Fotoequipment durchging. Sie hatte ihre beiden Kameras eingepackt, da war sie sich sicher. Auch die verschiedenen Objektive sowie das Stativ waren ordentlich verstaut. Dann überlegte sie, ob sie auch die Akkus eingepackt und aufgeladen hatte. Leni riss die Augen noch einmal auf.

„Klar, das hast du bereits gestern gemacht." Beruhigte sie

sich selbst. Zudem hatte sie die Speicherkarten geleert und Ordner für die verschiedenen Szenen auf ihrem Laptop angelegt. Eigentlich konnte nun nichts mehr schief gehen. Leni versuchte, tief in den Bauch zu atmen und sich weiter zu beruhigen. Langsam schloss sie wieder ihre Augen und als ihr Wecker drei Uhr anzeigte, drehte sie sich genervt auf den Bauch, in der Hoffnung endlich den ersehnten Schlaf zu finden.

4

Das Frühstück am nächsten Morgen musste Leni ausfallen lassen. Sie hatte gnadenlos verschlafen. Zum Glück hatte sie bereits alles gepackt und sich ihre Sachen für den heutigen Tag zuvor zurechtgelegt. Sie sprang in Windeseile unter die Dusche, föhnte ihre Haare und legte ein rudimentäres Make-up auf. Marla wäre erschrocken gewesen, wenn sie gesehen hätte, wie lieblos sie sich zurechtgemacht hatte. Doch sie war zum Glück schon aus dem Haus, dachte Leni erleichtert. Vollkommen abgehetzt packte Leni ihren Koffer und das Fotoequipment und rannte aus der Wohnung, die drei Etagen hinunter auf die Straße. Vor der Haustür herrschte bereits ein reges Treiben und Leni ließ sich von dem Strom der Menschen mitreißen. An der U-Bahn stieg sie Richtung Hauptbahnhof ein und war wenig überrascht, dass der Zug wie immer überfüllt war. Sie musste stehen und sich mit einer Hand an einem Haltegriff festhalten, um nicht umzufallen. Sie empfand es als sehr unangenehm, etwas anfassen zu müssen, das Hunderte vor ihr schon angefasst hatten, biss aber die Zähne zusammen und freute sich einfach auf das nächste Waschbecken. Es war inzwischen halb Elf und sie hoffte, es noch pünktlich von ihrem Hotel bis zur Kirche zu schaffen. Beim Umstieg am Hauptbahnhof in die Regionalbahn nach Düsseldorf hätte sie eine bereits in die Jahre gekommene Dame beinahe umgerannt, um den Anschlusszug nach Düsseldorf noch rechtzeitig zu erreichen.

Sie erhaschte den Zug in letzter Sekunde und sprang noch hinein, als sich die Türen bereits schlossen. Ratternd setzte er sich in Bewegung und Leni fand einen freien Platz im letzten Abteil des Zuges. Sie atmete tief durch und ließ sich in den Sitz fallen. Ein dünnes Rinnsal Schweiß lief ihr die Wirbelsäule hinab, während sie sich mit der Hand Luft zu fächelte und ganz allmählich breitete sich Erleichterung in ihr aus, den Zug erwischt zu haben. Wirklich ruhig konnte sie jedoch auch jetzt nicht sein. Sie saß wie auf heißen Kohlen, als die Bahn endlich aus dem Bahnhof rollte. Tausend Fragen schossen ihr durch den Kopf, die sie einfach nicht sortieren konnte. Sie musste ihre Unsicherheit in den Griff bekommen und nun einfach darauf vertrauen, dass die Bahn pünktlich am Ziel ankam. Dann würde ihr noch genug Zeit bleiben zum Hotel und dann zur Kirche zu kommen. Lenis Blick schweifte aus dem Fenster und der rechtsrheinische Teil von Köln glitt an ihr vorbei. Nach der Ankunft in Düsseldorf und dem Überqueren von drei roten Ampeln stand sie um zwanzig nach elf völlig abgehetzt aber glücklich vor dem Grand City Hotel in Düsseldorf. Sie schwang, immer noch keuchend vor Anstrengung, die großzügige Eingangstür auf und eilte zur Rezeption. Die Dame am Empfang hieß sie mit einem gut eingeübten Lächeln herzlichst willkommen.

„Wie kann ich Ihnen helfen?"

„Hallo, Leni Auch ist mein Name und es soll hier ein Zimmer für mich reserviert worden sein." Antwortete Leni unbeholfen und außer Atem. Sie hatte plötzlich den beklemmenden Gedanken, dass es hier eventuell gar kein Zimmer für sie gab und alles nur ein böser Scherz gewesen war. Doch die

Dame lächelte sie wieder an und antwortete:

„Ja natürlich, das „Cultures" hat Ihnen ein Zimmer reserviert. Die Nummer 305 ist Ihr Zimmer und befindet sich im dritten Obergeschoss. Dort", sie deutete mit ihrer perfekt manikürten Hand in den rechten Teil der Lobby, „befinden sich die Aufzüge zu den Zimmern. Ich soll Ihnen auch diese Wegbeschreibung geben und wünsche Ihnen einen schönen Aufenthalt."

Erleichtert nahm Leni die Unterlagen entgegen und ließ sich von einem sehr gut aussehenden Pagen zu ihrem Zimmer geleiten. Beim Gang durch die Lobby zu den Aufzügen sah Leni sich das erste Mal um. Das Hotel strahlte eine klassische Eleganz aus. Alles wirkte sehr wertig und sie war nun sehr gespannt darauf, wie wohl ihr Zimmer aussehen würde. Leni hatte leider nicht mehr viel Zeit, um sich wirklich im Zimmer umsehen zu können, doch dieses wunderschöne Hotelzimmer musste sie kurz auf sich wirken lassen. Es wurde von einem riesigen Himmelbett dominiert und die bodentiefen Fenster führten auf einen kleinen Balkon hinaus. Das Bad war das modernste, was sie je gesehen hatte. Aber Leni hatte auch noch nie zuvor in einem Business-Hotel dieser Sterne-Klasse übernachtet. Sie huschte in das geräumige Bad und begutachtete sich noch einmal im Spiegel, bevor sie beschloss, dann doch alles so zu belassen, wie es war. Sie sah nicht schlecht, aber auch nicht aufgedonnert aus, wie sie fand. Sie wollte eher mit ihrem Handwerk als mit ihrer Optik glänzen. In ihrem Kopf schloss sie den Gedanken mit „als ob" ab und musste grinsen. Sie schüttelte noch einmal ihre Haare auf, band sie dann jedoch resigniert wieder zu einem Zopf zusammen. Anschließend griff sie sich ihre Foto- und Stativtasche und machte sich auf den Weg zu ihrem ersten Auftrag. Auf dem Weg zur Kirche hatte sie erhebliche Schwierigkeiten die Wegbeschreibung lesen zu können, da sie nicht wusste, wie herum sie den Plan halten sollte. Doch nach einigem hin und her Gehen auf dem Bürgersteig vor dem Hotel, um die korrekte Richtung zu finden, hatte sie den Dreh raus und fand den Weg Richtung Kirchplatz. Es war drei Minuten vor zwölf, als sie das Portal der Kirche vor sich aufragen sah. Davor ergoss sich ein kleines Meer aus Menschen, die den Eindruck erweckten, als würden sie die Kirche belagern wollen. Leni war verwirrt und verunsichert. Langsam zügelte sie ihr Lauftempo und blieb schließlich in einiger Entfernung zur Kirche stehen. Dann sah sie nochmals auf die Wegbeschreibung, um sich zu vergewissern, dass sie vor der richtigen Kirche stand und dort sah sie am unteren Blattrand, in kleinen Lettern geschrieben, etwas, das sie zuvor übersehen hatte:

„Bei Ankunft bitte Fr. Heinrich dieser Nummer anrufen"
Leni war heilfroh und kramte ihr Telefon aus ihrem Rucksack. Nach einem kurzen Klingeln kam ein ziemlich gestresstes, „ja, Heinrich hier!", aus der Leitung. So hatte Leni sich das irgendwie nicht vorgestellt.

„Leni Auch hier vom „Cultures". Ich sollte sie anrufen, wenn ich da bin. Also, ich bin da aber weiß nicht so recht", stotterte Leni und wurde prompt in ihrem Satz unterbrochen.

„Ach hallo, ja kommen Sie zum Hintereingang, durch die Absperrung hindurch. Die Sicherheitsmänner am Eingang haben Ihren Namen. Es ist gerade alles ziemlich chaotisch. Bis gleich." Beendete sie ohne Vorwarnung und abrupt das Telefonat. Leni steckte ihr Handy wieder zurück in ihren

Rucksack und ging langsam auf die Kirche zu. Sie war wunderschön und hatte viele kleine Details. Die großen spitzbogigen Fenster malten mit ihren bunten Gläsern ein makelloses Bild entlang des Seitenschiffes und die vielen kleinen Türmchen über dem Eingangsportal ließen die Kirche verwunschen aussehen. Leni hoffte, dass sie von innen genauso beeindruckend sein würde. An der Menge vorbeigehend spürte sie beobachtende Blicke in ihrem Rücken. Mit ihrem Stativ auf dem Rücken und der umgehängten Kameratasche musste sie in dieser Kulisse doch ungewollt interessant auf die Menge wirken. So wie es aussah, wartete vor der Kirche eine ganze Meute von Fans auf ihren Star. Leni war erschrocken, doch an der Absperrung angelangt, wurde sie unerwartet freundlich nach ihrem Namen gefragt. Sie sagte ihn und musste ihren Ausweis vorzeigen. Das war ja wie beim Militär, dachte Leni. Doch im Anschluss an die Prozedur bekam sie einen Backstage-Ausweis und wurde problemlos eingelassen.

„Können Sie mir eventuell sagen, wo ich Frau Heinrich finden kann?", nutze Leni die Chance am Eingang, um ein paar Informationen zu erhalten.

„Sie wird in der Kirche sein." Antwortete der Mann knapp. Leni musste über diese Antwort lachen. Das hatte sie sich bereits gedacht und konnte ein Schmunzeln nicht verbergen. Da es so schien, als ob der Security Mann nicht mehr dazu sagen wollte, machte Leni sich auf den Weg um die Kirche herum. Am hinteren Ende der Kirche angekommen, sah sie einen jungen Mann auf Stufen vor dem Hintereingang sitzen und auf einem Zettel herumkritzeln. Er blickte kurz auf, als er Leni bemerkte und lächelte flüchtig, in Gedanken versunken. Dann sah er wieder auf seinen Zettel hinab. Leni musste unwillkürlich zurücklächeln und trat näher an ihn heran.

„Hallo, Leni ist mein Name und ich bin auf der Suche nach Frau Heinrich. Können Sie mir eventuell weiter helfen?" Der Mann blickte auf und sah Leni etwas verwirrt an.

„Sie müsste in der Sakristei sein", antwortete er in nicht einwandfreiem Deutsch.

Das war doch schon mal eine Information, mit der man etwas anfangen konnte, dachte Leni.

„Danke sehr", sagte sie höflich und wandte sich zum Gehen.

Als sie gerade durch den Hintereingang hinein in die Kirche gelangen wollte, stand der junge Mann auf und streckte ihr die Hand entgegen.

„Ich heiße Lucas", sagte er etwas unsicher, doch freundlich. Ein Lächeln huschte über seine Lippen.

„Hallo", erwiderte Leni. „Schön, dich kennenzulernen."

„Was machst du hier?" Wollte Lucas plötzlich wissen.

„Ich bin Fotografin und fotografiere diese Kirche. Aber mit so viel Ansturm hatte ich ehrlich gesagt nicht gerechnet." Antwortete sie lachend und beschrieb mit dem Finger einen imaginären Kreis um die Kirche. Lucas lachte und sah sie eindringlich an, doch nach wenigen Sekunden senkte er seinen Blick und setzte sich wieder auf die Stufen.

„Ich wünsche dir viel Spaß beim Fotografieren. Wir werden uns ja dann sicher noch sehen."

Leni nickte zustimmend, machte aber keine Anstalten stehen zu bleiben und verschwand mit einem Lächeln auf den Lippen im Inneren der Kirche. Augenblicklich wehte ihr eine kühle, jahrhundertalte Luft entgegen. Sie atmete tief ein.

Endlich angekommen, dachte Leni und folgte dem schmalen Korridor. Kurz dahinter bemerkte sie eine schlanke, dunkelhaarige Frau mit einem Kontrabass in der Hand locker an der Wand gelehnt. Sie schien zur Band zu gehören, wie Leni aus dem Instrument in ihrer Hand schloss, und auf jemanden zu warten. Sie machte einen freundlichen Eindruck und Leni grüßte sie lächelnd. Die junge Frau musterte Leni nur flüchtig und nickte dann ebenfalls zum Gruß. Als sie lächelte, kamen ungewöhnlich weiße Zähne zum Vorschein. Unwillkürlich fuhr Leni sich mit der Zunge direkt über ihre Eigenen. Leni verließ die Sakristei und trat ins Kirchenschiff wo sie eine jüngere, etwas pummelige Frau mit kurzem, lockigem Haar entdeckte. Sie redete gerade mit einem Mann, der ziemlich geschäftig dreinschaute. Unsicher, ob dies Frau Heinrich sein konnte, hielt Leni sich etwas im Hintergrund, doch kurz darauf wurde Leni von der gelockten Frau entdeckt und zu sich herangewunken.

„Sie müssen Frau Auch sein."

„Sie können mich gerne Leni nennen." Antwortete Leni zaghaft.

„Das ist schön, denn wir in der Kirche duzen uns auch. Ich bin übrigens Kristina." Erwiderte sie selbstbewusst. „Ich werde dir kurz alles zeigen, damit du die wichtigsten Merkmale der Kirche kennst. Das ist übrigens Christoph, der Koordinator des Konzerts heute Abend."

„Hallo", sagte er kurz angebunden und war schon wieder in seine Unterlagen vertieft.

„Gut, das freut mich. Kann ich irgendwo meine Tasche und meine Jacke ablegen?" Fragte Leni.

„Ja natürlich. Folge mir unauffällig", antwortete Kristina

spaßhaft.

Die beiden Frauen gingen zurück in die Sakristei und Leni bekam einen Stuhl zugewiesen, auf dem sie ihre Sachen lassen konnte. Er stand an einem großen Tisch und unter ihm standen Turnschuhe, die nicht Lenis waren.

„Hoffentlich nehme ich niemandem den Platz weg", sagte sie besorgt, doch bekam keine Antwort von den umstehenden Personen. Für Zweifel war jedoch keine Zeit mehr, denn als sie ihre Sachen abgelegt hatte, begann augenblicklich die Führung durch die Kirche. Überall schwärmten Arbeiter umher, welche die Bühne vor dem Altar aufbauten oder Stühle zurechtrückten. Licht wurde installiert und in einigen, zeitlichen Abständen spielte sich ein Bandmitglied auf der Bühne ein. Kristina zeigte Leni den Eingangsbereich und die Orgelempore und erklärte ihr die Besonderheiten der Jesus- und Marienfiguren. Auch den Altar bekam Leni bis ins kleinste Detail erklärt. Im Anschluss folgten Sakristei und Krypta. Sogar die Türme konnte Leni sich ansehen und war davon begeistert. Kristina nahm sich die Zeit Leni alle Fragen zu beantworten, die sie hatte, jedoch wirkte sie dabei ständig nervös und gestresst.

Leni wollte nicht indiskret sein und fragte daher nicht nach dem Grund für ihre Nervosität. Nach gut zwanzig Minuten hatte Kristina ihr alles erklärt und Leni konnte sich nun alleine in der Kirche bewegen, um die ersten Eindrücke zu fotografieren. Vor allem wollte sie zu späterer Stunde die Lichtstimmungen in der Kirche festhalten.

Es war kurz vor zwei Uhr, als Leni gerade angefangen hatte einen der vielen Beichtstühle zu fotografieren, als sie plötzlich einen sehr melodischen Gitarrenklang vernahm. Leni hatte selber das Glück gehabt, in ihrer Kindheit Gitarrenunterricht bekommen zu haben. Liebevoll dachte sie an die Zeit zurück, als ihr Vater ihr zu ihrem fünften Geburtstag eine Gitarre geschenkt hatte. Seither hatte sie immer gespielt und es war ihr liebstes Hobby geworden. Jedoch hatte sie seit dem Studium kaum noch Zeit zum Spielen gefunden. Die Musik, die nun das Kirchenschiff erfüllte, holte sie zurück aus ihren Kindheitserinnerungen. Leni konzentrierte sich wieder und überlegte, was sie schon geschafft hatte. Sie hatte bereits den Eingangsbereich fotografiert und Aufnahmen von der Orgelempore gemacht. Gleich, so überlegte sie, wollte sie sich mit ihrem Laptop zurückziehen und sich die schon geschossenen Bilder ansehen, versuchte sie sich zu organisieren. Jedoch fesselte sie die Gitarrenmusik ungewollt und sie blickte zur Bühne hinauf. Dort sah sie den jungen Mann von vorhin stehen und auf der Gitarre spielen. Er sah sie unverhohlen neugierig an und griff in die Seiten. Leni war sich jedoch nicht sicher, ob er wirklich sie ansah oder ob er nur in Gedanken verloren den Blick schweifen ließ und durch sie hindurch sah. Er spielte einen rockigen Song und war, wie Leni überlegte, wahrscheinlich der Gitarrist der Band.

„Ein ziemlich guter Gitarrist", sagte Leni leise zu sich selbst und musste über ihre unübertroffene Kombinationsgabe schmunzeln. Sie wand sich ab und versuchte sich wieder auf ihren Job zu konzentrierten. Ein Schauer rann ihr über den Rücken. Mit wunderschönen Melodien im Ohr schoss sie ihre nächsten Bilder und setzte sich im Anschluss an die erste Bilderserie in das Querschiff der Kirche, um sie in Ruhe durchsehen zu können. Immer wieder musste sie den Kopf heben, um Lucas kurz anschauen zu können. Irgendetwas an ihm wirkte sehr anziehend auf Leni, doch sie konnte nicht beschreiben, was es genau war. Sie richtete ihren Blick wieder auf ihre Fotos und musste mit Freude feststellen, dass tolle Bilder dabei waren, wie sie fand. Sie hatte erst die Hälfte der Kirche abfotografiert und war vor allem auf die Krypta gespannt und auf den sehr netten Gitarristen, schoss es ihr durch den Kopf. Innerlich ohrfeigte sie sich für diesen Gedanken, doch irgendwie hatte dieser Mann etwas Besonderes an sich, dass sie faszinierte.

5

Heute Morgen hatte Lucas sich unter Tränen von seiner Familie verabschieden müssen. Am liebsten wäre er bei ihnen geblieben als er Milly so bitterlich weinen sah. „Du wirst uns hier so sehr fehlen." Hatte sie ihm nicht nur einmal gesagt. Lucas hatte alle noch einmal herzlich gedrückt, viele selbstgemalte Bilder von den Kleinen in seiner Tasche verstaut und war dann von einem Fahrer zum Flughafen gebracht worden. Am spanischen Flughafen war der Teufel los gewesen. Die Presse musste irgendwie Wind von seinem Abflugtermin bekommen haben und hatte ihn mit Fragen bombardiert. Auch an kreischenden Fans, die von der Flughafen Security in Schach gehalten wurden, hatte es nicht gemangelt. Nur mühsam hatte er sich, an ihnen vorbei, seinen Weg zum Check-in bahnen können. Trotz der ganzen Hektik waren Lucas und seine Band pünktlich in Düsseldorf gelandet und hatten noch vor Beginn des geschäftigen Treibens in ein Hotel in der Düsseldorfer Innenstadt einchecken können. Sie hatten den Hintereingang genommen, um nicht wieder ungewollt Aufmerksamkeit auf sich zu ziehen, und diesmal hatte es auch reibungslos geklappt. Im Hotel angekommen waren sie auf Christoph gestoßen. Lucas und er hatten schon viele Male vor seiner erzwungenen Schaffenspause zusammen gearbeitet und nun sollte Christoph auch diese Tour managen und organisieren. Lucas war dankbar, ihn wieder mit im Boot zu haben. Das schien nun schon so lange her zu sein, obwohl es erst vor wenigen Stunden geschehen ist. Als wäre seine Welt mal wieder um 180 Grad gedreht worden, stand er nun auf dieser Bühne in der kühlen Kirche in Düsseldorf und spielte seine Gitarre ein.

Lucas hatte inzwischen drei seiner bekanntesten Songs gespielt, um zu sehen, ob diese interessante Frau ihn und seine Musik wirklich nicht kannte. Er wollte ihr glauben und hatte bis jetzt keinen Funken des Wiedererkennens in ihren Augen gefunden. Doch konnte das sein, dass es einen Menschen in seiner Umgebung gab, der ihn nicht kannte? Er hatte seinen Bandmitgliedern, sowie Kristina und Christoph nach kurzer Zeit gesagt, dass sie ihr seinen vollen Namen, soweit sie nicht weiter nachfragen sollte, nicht auf die Nase binden sollten. Das hatten sie, wie sie sagten, auch nicht getan und Leni hatte, wie es schien, nicht gefragt. Lucas war verunsichert, wollte es sich aber nicht anmerken lassen. Nun sah er sie auf einer der Bänke im hinteren Teil der Kirche sitzen. Er hatte immer noch nicht sein Mikrofon eingesungen, aus Angst, dass sie ihn als den Künstler des Abends identifizieren könnte. Er fragte sich, warum es ihm so wichtig war, was sie dachte und ob sie ihn nun kannte oder nicht. Irgendwie interessierte sie ihn anders als alle anderen Frauen, die er in letzter Zeit kennengelernt hatte. Nachdem er den größten Teil seiner Stücke gespielt hatte, machte er eine Pause, um später mit der gesamten Band die letzten paar Songs einzuspielen. Dann würde Leni mit Sicherheit mitbekommen, dass er der Kopf der Band war, doch zuvor wollte er sie kennenlernen. Während sie fotografiert hatte, hatte er sie ein wenig beobachtet und ihm war direkt ihre

Hingabe für das Fotografieren aufgefallen. Sie hatte sich zeitweise auf den Boden gelegt, um eine bestimmte Perspektive zu fotografieren. Das hatte ihn, witzigerweise, sehr beeindruckt. Nun saß sie dort ganz allein und es wäre ein Leichtes gewesen, zu ihr hinüber zu gehen und mit ihr ein Gespräch anzufangen. Er konnte es kaum glauben, doch er hatte Angst, als Idiot da zu stehen. Nicht, dass sie sich von ihm gestört fühlte, grübelte er. Nach einigem Hin- und Herüberlegen nahm er seinen Mut zusammen, legte die Gitarre ab und trat hinunter in das Querschiff der Kirche. Der Weg, zu ihr in die letzte Bankreihe, schien unendlich lang zu sein. Leni blickte nicht einmal auf, als er den schmalen Gang entlang kam, sondern starrte unverwandt auf ihren Laptop. Schritt für Schritt nährte er sich ihr und hoffte doch, dass sie, kurz bevor er sie erreichte, ihren Kopf heben und ihn anlächeln würde. Als hätte sie seinen Wunsch erhört, blickte Leni plötzlich gedankenverloren auf und erkannte ihn. Ihre Blicke trafen sich und sie lächelte ihn an. Langsam stellte Leni ihren Laptop bei Seite und Lucas ließ sich neben ihr auf die Bank sinken.

„Hi." Sagte sie leicht kokett und musterte ihn aufmerksam. Lucas geriet ins Stottern, konnte sich dann aber doch fangen. „Hallo, na du bist fleißig?" Fragte er sie augenzwinkernd. „Ja, na ja. Ich habe mir nur die geschossenen Bilder angesehen, um zu schauen, in welche Richtung es gehen wird. Aber du warst ja auch fleißig." Sie zeigte mit dem Finger auf die Bühne. „Du bist also der Mann an der Gitarre?"

Er nickte und musste schmunzeln. „Ja, genau. Ich bin der Mann an der Gitarre, wie du so schön gesagt hast."

Sie mussten beide lachen.

„Wo kommst du eigentlich her? Wenn ich das richtig höre, hast du einen leichten Akzent." Mutmaßte sie.

„Einen leichten Akzent?" Fragte er belustigt mit einer hochgezogenen Braue. Sein Akzent war sogar sehr stark, wie er fand. „Geboren wurde ich in Spanien, bin aber eigentlich auf der ganzen Welt groß geworden, denn ich habe ziemlich verstreute Wurzeln." Lächelte er sie an. Er fand es interessant, solche Fragen gestellt zu bekommen, ohne, dass die fragende Person seine Geschichte bereits kannte.

„Und du, kommst du hier aus der Region?" Wollte er von ihr wissen.

„Nein, geboren wurde ich in Berlin. Meine Familie lebt auch größten Teils noch dort. Aber zurzeit lebe ich in Köln. Ich bin eher ein Vagabund und habe schon so ziemlich überall in Deutschland gelebt." Erklärte sie ihm so beiläufig, als wäre es das Normalste auf der Welt. Dann musste sie wissen, was es heißt, sich immer wieder neu eingewöhnen zu müssen, überlegte Lucas.

„Leben deine Eltern noch in Spanien?" Fragte sie in seine Gedanken hinein.

„Nein, meine Eltern sind beide schon länger tot." Antwortete Lucas automatisch.

Leni wirkte betroffen. „Oh, das tut mir leid."

„Ach, das ist schon sehr lange her, dass meine Mama gestorben ist. Damals war ich drei und mein Vater ist vor drei Jahren gestorben."

Leni sah ihn unverwandt an. „Dann hast du Geschwister?" Fragte sie weiter.

Lucas musste grinsen.

„Oh entschuldige bitte, dass ich dich so ausfrage. Ich bin

immer zu neugierig." Ermahnte sie sich selbst.

„Nein, nein, das ist schon in Ordnung." Beruhigte er sie. „Ich habe einen älteren Bruder, eine ältere Schwester und eine Jüngere. Aber die leben auch alle verstreut in Europa." Leni schien interessiert, doch sie fragte nicht weiter nach. Wahrscheinlich wollte sie nicht zu neugierig wirken, dachte er. Doch er mochte, dass sie so unbekümmert mit ihm sprach. Dass sie kein Blatt vor den Mund nahm. Am liebsten hätte er, dass sie nie erfahren würde, wer er war.

„Wie lange wirst du heute hier sein?" Wollte er von ihr wissen.

„Das ist eine gute Frage." Grübelnd sah sie auf ihre Armbanduhr. „Ich denke, dass ich hier in zwei bis drei Stunden fertig bin und dann werde ich wohl ins Hotel gehen. Morgen möchte ich noch die Außenaufnahmen machen, obwohl es mit den vielen Menschen heute vor der Tür, auch interessant aussehen könnte." Sagte sie lachend.

„Ja, das könnte gut wirken." Stieg er in ihr Lachen mit ein.

„Hast du schon zum Mittag gegessen?" Fragte er.

„Nein, ich esse etwas, wenn ich fertig bin." Erwiderte sie.

„Wenn wir nachher fertig mit der Lichtprobe sind, bestellen wir etwas zum Essen. Wenn du magst, bist du herzlich eingeladen." Sagte er möglichst cool, doch innerlich hoffte er, dass sie ja sagen würde.

„Meinst du, dass es okay ist, wenn ich mit euch esse? Ich will niemanden stören. Also wenn die Band unter sich sein will oder so." Stotterte Leni.

Sag doch einfach ja, dachte Lucas.

„Nein, du störst niemanden und ich würde mich sehr über deine Anwesenheit freuen." Das war eindeutig zu offensichtlich gewesen, wusste er.

Leni musste ein wenig schmunzeln. „Okay, danke. Ich werde gerne etwas mitessen."

„Ich glaube, dass ich mal wieder an meine Gitarre muss. Es sieht so aus als, ob es gleich weiter geht." Sagte er ungewohnt verlegen und stand auf. So kannte er sich gar nicht.

„Ja, ich muss auch was für mein Geld tun. Dann bis später." Lächelte sie ihn offen an.

Lucas raubte dieses Lächeln schier den Atem. Er drehte sich schnell um und ging den Gang entlang, der nun viel zu kurz war, um sich noch rechtzeitig sammeln zu können, bevor er auf die Bühne trat. Diese Frau hatte ihn, ohne es zu wissen, in seinen Bann gezogen. Oder wusste sie es und war das vielleicht alles nur gut durchdacht? Konnte jemand so gut schauspielern? Tausend Fragen schossen ihm durch den Kopf, doch eigentlich wusste er, dass diese Person ehrlich war. Er wollte es so gerne glauben.

Als er sich gerade seine Gitarre umhängte, sah er Leni in der Sakristei verschwinden. Wie viel lieber wäre er jetzt dort bei ihr, als hier auf der Bühne. Seine Band hatte sich inzwischen wieder versammelt und sie stimmten ihre Instrumente. „Gut", schoss es ihm durch den Kopf. „Von dort wird sie die Musik hoffentlich nicht all zu sehr hören und somit nicht mitbekommen, dass ich auch der Mann am Mikrofon bin."

Als alle ihre Instrumente gestimmt hatten und er vom Techniker das OK bekam, stimmte er den ersten Song an. Die Band stieg mit ein und sie erfüllten das Mittelschiff dieser wunderschönen Kirche mit ihrer Musik.

Leni ging langsam, Stufe für Stufe, eine schmale und

abgetretene Treppe hinunter, die von der Sakristei in die darunter liegende Krypta führte. Kurz bevor sie die Tür hinter sich geschlossen hatte, hörte sie noch ein, zwei Takte der Band. Irgendwie hatte sie doch Lust bekommen, das Konzert heute Abend zu sehen. Vielleicht war das sogar möglich, überlegte sie auf dem Weg hinunter. Zuvor jedoch, wollte sie sich auf ihre Arbeit konzentrieren. Wie sehr sie sich auch versuchte, zu konzentrieren, bei jedem Foto, das sie schoss, geisterte ihr Lucas durch den Kopf. Sie kannte ihn noch gar nicht wirklich, aber sie fand ihn irrsinnig interessant. Er war ein ganzes Stück größer als sie und hatte dunkles Haar. Eigentlich war er total ihr Typ, wenn sie es sich recht überlegte. Jedoch hatte sie irgendwie das Gefühl, dass sie zu schnell zu undefinierbare Gefühle für ihn entwickelte. Das war für Leni ganz und gar nicht typisch und zudem wollte sie sich jetzt ganz der Fotografie widmen und sich nicht von anderen Gedanken ablenken lassen. Schließlich war das ihr erster großer Auftrag und sie wollte mehr davon. Mit dem Willen sich wieder voll auf ihre Arbeit zu konzentrieren, ließ sie den Blick durch die Krypta schweifen. Sie war wie dafür gemacht, in Szene gesetzt zu werden. Leni hatte hier die Möglichkeit, das Licht zu verändern und verschiedene Stimmungen zu erzeugen. Doch trotz der tollen Atmosphäre war ihr hier unten etwas mulmig zu Mute. Sie konnte nichts von dem Geschehen über sich hören und die dicken Wände wirkten beklemmend auf sie. Bild für Bild arbeitete Leni sich durch die Kellerräume. Hier und da entdeckte sie Besonderheiten, die sie in ihre Bilder einfließen ließ. Immer wieder liefen ihr Schauder der Beklemmung über den Rücken und sie versuchte sich, mit der Konzentration auf das Wesentliche, abzulenken. Eine Frage, die ihr immer wieder durch den Kopf schwirrte, war die nach dem Sänger der Band. Sie hatte immer noch nicht gefragt wer er oder sie war und diejenige Person, da war Leni sich sicher, noch nicht zu Gesicht bekommen. Aber vielleicht war es normal, dachte sie, dass Stars immer erst zum Schluss kamen und sich vorher eher im Hintergrund hielten, da sie noch andere Termine wahrnehmen mussten.

Die Bilder waren schnell im Kasten und Leni war ziemlich stolz auf ihre gelungenen Bilder. Als Laie konnte man nur selten verstehen, wie viel Arbeit hinter guten Bildern steckte und das ärgerte Leni manchmal. Hinter jedem gut gemachten Foto stand Zeit, Ausdauer und Kreativität. Zumindest war dies bei ihren Bildern so. Nach gut zwei Stunden hatte sie genügend aussagekräftige Bilder beisammen und konnte nun endlich diesen unheimlichen Ort verlassen. Direkt im vorderen Teil der Krypta, nahe dem Aufgang zur Treppe, entdeckte Leni auf dem Rückweg eine unscheinbarere Tür, die sie vorher übersehen haben musste. Sie war nur angelehnt und es brannte Licht im Inneren. Kristina hatte ihr über diesen Raum nichts gesagt und ihn bei ihrer Führung nicht erwähnt. Vielleicht sollte Leni besser nicht nachsehen, doch das ging nicht. Sie war einfach zu neugierig. Vorsichtig stieß sie die Tür auf und ein fast leerer Raum kam zum Vorschein. Ihr gegenüber, an der Wand, entdeckte sie einen alten Schrank, an dem eine Jacke an einem Haken hing. Leni blickte weiter ins Zimmer hinein und entdeckte hinter der Tür eine Art Sofa, über dem ordentlich zusammen gefaltete Kleidung lag. Zudem standen offene Gitarrenkoffer auf dem Boden. An einem Koffer, der ihr am nächsten stand, hing ein

Etikett. Leni blickte sich kurz um, um sich zu vergewissern, dass sie immer noch alleine war. Blitzschnell schlüpfte sie in den Raum und nahm das Schild in die Hand, auf dem zu lesen war: „Lucas Sean / Live-Tour"

Leni war erschrocken und Hunderte Gedanken schossen ihr gleichzeitig durch den Kopf. War die Tour etwa nach ihm benannt, oder stand nur sein Name auf dem Schild, da es seine Gitarre war? Hatte er hier unten seinen eigenen Raum, während der Rest oben in der Sakristei blieb oder hatten die anderen auch ihre Instrumente hier unten? Leni machte das alles sehr stutzig und sie hoffte, dass es nicht das zu bedeuten hatte, was sie dachte. Schnell zog sie sich aus dem Raum zurück und ging die schmale Treppe hinauf. Sie würde sich einfach zusammen reißen und Lucas fragen, welche Rolle er in dieser Band hatte. Sie war von Anfang an davon ausgegangen, dass er der Gitarrist war, doch vielleicht war er mehr als das. Doch war das überhaupt wichtig wer oder was Lucas war? Überlegte Leni weiter, als sie die Tür zur Sakristei öffnete. Leni hatte ihre Antwort schnell gefunden und sie lautete klar und eindeutig: nein. Sie mochte ihn und das, was sie von ihm kannte. Langsam beruhigte Leni sich wieder und ihre innere Entscheidung half ihr, der Situation halbwegs gelassen gegenüberzutreten. Langsam schloss sie die Tür hinter sich, konnte jedoch keine Musik mehr aus dem Kirchenschiff her hören.

Wahrscheinlich waren sie bereits fertig mit dem letzten Soundcheck, überlegte Leni. Doch sie konnte niemanden aus der Band in der Sakristei finden. Sie packte ihre Tasche mit den Kamerautensilien zusammen und legte sie ordentlich auf den ihr ihren Stuhl. Dann kramte sie ihr Handy aus der

Tasche und ging auf die Backstage-Tür zu, um aus der Sakristei ins Freie zu gelangen. Dort hoffte sie, in Ruhe telefonieren zu können. Leni hatte bisher noch keine Zeit gefunden, um Marla anzurufen, die bestimmt schon sehnlichst Lenis Anruf erwartete. Und Leni konnte ein Gespräch mit Marla jetzt ziemlich gut gebrauchen.

Sie öffnete die schwere Holztür und ihr stockte der Atem. Eine Flut von Blicken regnete auf sie ein. Die Fans, die heute Mittag nur vor der Kirche auf ihr Idol gewartet hatten, umlagerten nun die gesamte Kirche. Leni war perplex und stolperte direkt wieder zurück in das Innere der Kirche. Dabei stieß sie gegen Etwas und die schwere Tür viel mit einem Knall zurück ins Schloss. Völlig erschrocken drehte Leni sich um und sah in das vor Lachen prustende Gesicht von Lucas.

„Oh Gott, entschuldige bitte!" Rief Leni entsetzt. „Was ist denn da los? Ich dachte gerade, ich wäre im falschen Film!"

„Das hätte ich dir gleich sagen können." Grinste Lucas sie breit lächelnd an. „Deshalb gehe ich nur zu meinem Auto hinaus, wenn es wirklich nicht anders geht."

Sie blickten sich kurz an, bis Leni verlegen die Augen abwandt. Plötzlich erschien Christoph hinter ihnen. Wie auch zuvor, wirkte er gestresst.

„Lucas, wir müssen noch kurz zwei Sachen besprechen, dann kannst du ehrlich Pause machen." Versuchte er zu witzeln. „Ach, wir haben chinesisch bestellt, ich hoffe, das ist ok für dich."

Lucas nickte ihm kurz zu und wand sich dann wieder Leni zu. Sie fühlte sich irgendwie unbehaglich.

Sie wollte eigentlich raus, aber dort war zu viel Trubel. Doch wo sollte sie sonst ungestört telefonieren? Unten in der Krypta gab es keinen Empfang und sonst wuselten überall Menschen umher. Lucas sah sie fragend an und deutete auf ihr Handy. Als hätte er ihre Gedanken gelesen, sagte er: „Wenn du ungestört telefonieren möchtest, kannst du gerne mein Auto benutzen. Ich weiß, wie das ist, wenn man nirgends ein stilles Plätzchen findet." Dabei drückte er ihr seinen Schlüssel in die Hand. „Es ist der Blaue vor dem Baum." Beim Gehen strahlte er sie nochmals an und sagte betont fröhlich: „Ich hoffe, du magst chinesisches Essen." Er zwinkerte ihr noch einmal zu und wand sich um, gefolgt von Christoph. Leni war wieder einmal perplex und blickte verdattert in ihre Hände. Okay, dann musste sie wohl doch noch einmal raus. Bevor sie es sich anders überlegen konnte, schlüpfte sie durch die schwere Eichentür und ließ den Blick, auf der Suche nach dem richtigen Auto, über den kleinen Parkplatz schweifen. Die Fans, die sie aus der Kirchentür kommen sahen, musterten sie von Kopf bis Fuß, doch sie sagten nichts. Was war es doch für ein Segen, unbekannt zu sein, dachte Leni. Als sie die Fernbedienung drückte, blinkten die Lichter eines blauen Wagens zwei Mal auf und ein unheimliches Raunen ging durch die Menschenmenge. Schnell ging sie zu dem Wagen unter dem Baum hinüber, öffnete unter den Augen der fotografierenden Meute die Fahrertür und stieg ein.

Leni atmete zwei Mal tief durch, dann erst nahm sie das Innere des Wagens wahr. Er wirkte sehr neu und unbenutzt und die hinteren Scheiben waren verdunkelt. Dies war mit Sicherheit ein Mietwagen, überlegte Leni. Auf dem Beifahrersitz fand sie augenblicklich ein kleines schwarzes, in Leder eingebundenes, Heft. Leni öffnete es mit einer Hand und erkannte englische, französische und spanische Wörter darin. Sie war beeindruckt von der Mehrsprachigkeit, klappte das Heftchen aber sofort wieder zu, bevor sie mehr darin hätte erkennen können. Die Menge in ihrem Sichtfeld ausblendend, wand Leni sich wieder dem Handy in ihrer Hand zu und wählte die Nummer ihrer besten Freundin. Schon nach einem einzigen Klingeln war Marla laut und deutlich zu hören. Sie wirkte ziemlich aufgekratzt.

„Hi und erzähl!" Quoll es aus ihr heraus.

„Ja, die Fotos sind gut gelungen, denke ich." Berichtete Leni mit einem Lächeln in der Stimme. Sie wusste, dass Marla etwas anderes wissen wollte. „Wer der Künstler ist, habe ich noch nicht erfahren, falls dich das brennender interessiert." Hing sie schnell an.

„Wie, was hast du denn den ganzen Tag getrieben? Das muss man doch raus finden können. Hast du nicht irgendeinen Namen erfahren?" Fragte Marla vorwurfsvoll.

„Marla, ich habe doch gearbeitet, aber ich glaube, den Gitarristen der Band kennengelernt zu haben. Ich bin mir aber nicht sicher, ob er nur der Gitarrist ist. Sagt dir Lucas Sean etwas?"

Am anderen Ende hörte Leni, wie Marla die Luft anhielt.

„Lucas Sean? Sag mal, willst du mich auf den Arm nehmen? Jetzt sag mir bitte nicht, dass du ihn nicht kennst?" Fragte sie beinahe vorwurfsvoll. „Der war wie vom Erdboden verschluckt und macht nun seit Jahren wieder seine erste Tour!" Schrie Marla nun fast ins Telefon.

Leni schüttelte den Kopf. „Nein, ich kenne ihn nicht. Aber jetzt wird mir auch klar, warum hier so viele Leute auf ihn warten. Ich will gar nicht mehr wissen, Marla, sonst kann ich kein normales Wort mehr mit ihm wechseln." Sagte Leni mehr zu sich selbst, als zu ihrer Freundin.

„Du hast mit ihm gesprochen? Man bist du ein Glückspilz." Raunte Marla neidisch ins Telefon. „Aber mal ehrlich Leni, das kann doch nicht sein, dass du ihn nicht kennst. Hast du ehrlich gedacht, er sei der Gitarrist?" Marla musste lachen.

„Hör auf zu lachen! Du bist ja vielleicht doof! Man, du weißt doch, dass ich in Sachen Pop-Musik hinter'm Mond groß geworden bin."

Marla musste wieder prusten: „Ja das stimmt! Leni vom anderen Stern! Kann ich dich nicht besuchen kommen?" Witzelte sie weiter. „Als deine Assistentin, oder so?"

„Komische Assistentin, die erst kommt, wenn alle Bilder bereits im Kasten sind. Ich halte dich aber auf dem Laufenden, versprochen. Ach ja, und behalte die Story hier bitte für dich." Bat Leni wohl wissend, dass Marla sonst nun Gott und die Welt angerufen hätte.

„Ok", murrte diese. „Aber du hältst mich bestimmt auf dem Laufenden, versprochen?" Bettelte Marla.

„Ja, natürlich! Das habe ich dir doch versprochen!" Verabschiedete sich Leni und legte auf.

Während des Telefonats hatte sie ganz vergessen, dass jede Menge Augen auf sie gerichtet waren. Nun kannte sie den Grund dafür. Sie saß in dem Auto, in das alle Mädchen dort vor dem Gitter hinein wollten. Sie war selten so dankbar für Zäune. Leni blickte auf ihr Handy. Es war fast 18:00 Uhr und das Essen war bestimmt schon geliefert worden. Augenblicklich begann ihr Magen zu knurren. Hastig und nun noch etwas nervöser als vor dem Telefonat, blickte sie rasch in den Spiegel. Dann hüpfte sie geradezu aus dem Wagen und beeilte sich, schnell zur Kirchentür zurückzugelangen. Ihre Gedanken waren bei Lucas. Wie hatte er es nur in so kurzer Zeit geschafft, dass sie ständig an ihn denken musste, fragte sie sich. Doch für ausgeklügelte Gedanken war nun keine Zeit mehr, denn die Eichentür schlug hinter ihr ins Schloss und sie befand sich wieder im Backstage-Bereich der Kirche. Sie konnte bereits das Stimmengewirr der Band hören und folgte ihm hinein in die Sakristei.

6

Lucas hatte endlich etwas zu Essen vor sich auf dem Tisch stehen und war überglücklich darüber. Schon den halben Tag hatte er das Gefühl gehabt, beinahe zu verhungern. Seine Bandmitglieder sowie Christoph und Kristina saßen mit ihm zusammen am Tisch, doch eigentlich hoffte er, dass nun bald auch Leni dazu stoßen würde. Nach kurzer Zeit endlich hörte er, wie die Tür geöffnet wurde, um dann wieder ins Schloss zu fallen. Kurz konnte er das Geschrei der Fans von draußen hereinströmen hören. Das konnte nur Leni sein, hoffte er. Lucas hatte ihr extra einen Platz neben sich freigehalten und rückte nun den Stuhl neben sich zurecht. Christoph sah ihn über seinen Teller hinweg prüfend an. Am ganzen Tisch herrschten rege Unterhaltungen und so bekam seine Vorfreude auf Leni außer Christoph niemand mit. Als sie endlich um die Ecke bog, strahlten ihre Augen und ein leichtes Rot glühte auf ihren Wangen.

„Guten Appetit" sagte sie in die Runde und setzte sich neben Lucas auf den freien Stuhl. Alle lächelten ihr zu und konzentrierten sich dann wieder auf ihre Gespräche.

„Hier hast du deine Schlüssel zurück. Ich danke dir." Sagte Leni und reichte ihm die Schlüssel. Ihre Finger berührten sich kurz und ein Kribbeln durchzog Lucas Hand. Er blickte Leni kurz an und auch sie schaute, als ob sie es gespürt hätte. Augenblicklich wand sie ihren Blick jedoch wieder ab und Lucas war sich nicht mehr so sicher. Das konnte einfach nicht wahr sein. Er konnte nicht glauben, dass er so etwas jemals erleben würde, und noch dazu auf einem Konzert. Lucas musste sich konzentrieren, um sich nicht zu verschlucken. Von links spürte er Christophs Blick.

„Gern geschehen. Na dann guten Appetit." Brachte er noch als Antwort hervor. Er konnte nicht anders, als sie anzulächeln. Sie blickte ihn von der Seite her an und grinste zurück. Lucas konnte sich kaum auf sein Essen konzentrieren und spähte immer wieder möglichst unauffällig zu Leni hinüber. Plötzlich richtete Kristina das Wort an Leni: „Und bist du gut vorangekommen?"

„Ja, ich denke, dass ich so ziemlich alle Bilder im Kasten habe. Beim Einlass würde ich gerne noch ein paar Bilder von außen machen. So voll ist es vor der Kirche wahrscheinlich nur selten, denke ich."Lucas musste über ihre lockere Zunge lachen.

„Danach werde ich mich auf den Weg zum Hotel machen. Morgen möchte ich dann die restlichen Außenaufnahmen machen, wenn das Wetter mitspielt." Hing sie noch etwas wehmütig an.

Lucas war, zu seiner eigenen Verwunderung schockiert, dass sie schon gehen wollte. Hatte er ihr Verhalten ihm gegenüber falsch gedeutet? Doch vielleicht wollte sie sich nur nicht selbst einladen, überlegte er. Lucas nahm seinen Mut zusammen und sagte dann:

„Also wenn du magst, kannst du dir das Konzert gerne ansehen. Für dich finden wir bestimmt noch ein Plätzchen. Also nur, wenn du Lust und Zeit hast natürlich."

Niemand am Tisch sprach mehr ein Wort, sondern sah abwechselnd Leni und ihn an. Er musste über die komische

Situation am Tisch lachen und brach damit die Stille.

„Ja klar, gerne. Ich mache den Türsteher." Witzelte Leni und alle stiegen mit ein. Christoph hingegen aß einfach weiter und blickte still auf sein Telefon. Lucas war froh, dass die etwas verklemmte Situation noch gerettet werden konnte und er hoffte, dass ihm niemand seine Unbehaglichkeit angemerkt hatte. Bis zum Ende des Essens unterhielt sich Leni überwiegend mit Lion. Da Lion nur französisch sprach, verlief das Gespräch eher rudimentär.

Lucas musste sie jedoch einfach dafür bewundern, es wenigstens zu versuchen. Hier und da half er ihr mit Wörtern aus, die ihr fehlten. So erfuhr er zum Beispiel, dass sie vor allem Jazz und Klassik liebte, aber auch gerne mal zu Rockmusik abfeierte, wie sie es formulierte. Dass sie das Reisen und Kennenlernen von anderen Kulturen zu ihren liebsten Hobbys zählte und sich absolut nichts aus Kaviar und Champagner machte. Lucas fand sie und ihre Geschichten sehr interessant und hatte das Bedürfnis, noch die ganze Nacht mit ihr zu reden. Zunächst jedoch musste er an das bevorstehende Konzert denken, das in gut einer Stunde beginnen sollte. Leni bedankte sich für das, wie sie sagte, sehr gute Essen und verabschiedete sich kurz vom Tisch, um draußen die Menge vor der Kirche zu fotografieren. Lucas hingegen wollte noch ein wenig entspannen, verabschiedete sich ebenfalls vom Tisch und stieg in die Krypta hinab. Ihm war hier unten ein wenig mulmig zumute, doch in dem kleinen Raum neben der Treppe konnte er sich wenigstens ein wenig zurückziehen. Kaum, dass er auf dem Sofa die Augen geschlossen hatte, sah er Leni vor sich. Sie war hübsch, wie er fand. Wenn er ehrlich zu sich war, musste er sich eingestehen, dass er sie sogar mehr als nur hübsch fand. Mit einem Lächeln auf den Lippen war er kurz davor einzunicken, als es plötzlich an der Tür klopfte. Gequält rief Lucas: „Herein!", und setzte sich auf. Es war Christoph, der durch die halbgeöffnete Tür hereinblickte.

„Störe ich gerade? Ich müsste mal kurz unter vier Augen mit dir reden." Tat er geheimnisvoll.

Lucas stutzte, aber ließ ihn eintreten. Schließlich war er sein Tour-Manager und seine Meinung war ihm wichtig. Christoph lehnte sich an eine der kahlen Wände und blickte auf seine Schuhe. Er schien noch seine Gedanken zu sortieren, doch dann schaute er auf und begann seine Sorgen auszusprechen:

„Luc, ich habe das Gefühl, dass dieses Mädchen es dir irgendwie angetan hat."

Lucas wollte direkt verneinen, doch warum sollte er lügen.

„Ja, da könntest du recht haben," gab er zu.

„Doch was soll das? Du kennst sie doch gar nicht." Gab Christoph zurück.

„Ja und, sie mich auch nicht." Reagierte Lucas ungewollt trotzig. „Alles, worüber wir bisher geredet haben, drehte sich um uns, um sie und mich als Person und nicht um das, was ich mache, da sie es gar nicht weiß oder zumindest bis jetzt nicht wusste. Irgendwie gefällt sie mir einfach." Schloss Lucas seinen Satz.

„Ich glaube nicht, dass das im Moment das Richtige für dich ist." Gab Christoph zu bedenken. „Aber das musst du selber wissen."

Lucas nickte nachdenklich.

„Überleg doch mal, du tourst jetzt durch Europa und heute

ist das erste Konzert. Neben den ganzen Presse- und Fernsehauftritten, die noch auf dich zukommen werden, weiß ich nicht wie das funktionieren soll." Christoph machte sich ernsthaft Sorgen, doch über solche Dinge hatte sich Lucas bis jetzt noch keine Gedanken gemacht. Lucas wollte es darauf ankommen lassen und Leni unbedingt näher kennenlernen. Wenn es nicht klappte, dann nicht. Aber ohne es zu versuchen, würde er seine Gefühle nicht gleich begraben.

„Chris, ich weiß, dass du dir immer um alles Gedanken machst. Das ist ja irgendwie auch dein Job, aber diese Sache würde ich gerne alleine regeln." Grinste Lucas.

Christoph sah nicht überzeugt aus, doch er sagte nichts mehr dazu. Langsam drückte er sich von der Wand ab, an der er zuvor gelehnt hatte und ging auf die Tür zu.

„Du wirst schon wissen, was du tust, aber sei nicht zu leichtgläubig." Ermahnte er Lucas, bevor er den Raum verließ.

Lucas wusste, dass Christoph mit seiner Aussage recht hatte, doch Verstand und Gefühl ließen sich eben nicht immer miteinander vereinen. Er schloss nochmals seine Augen und war dankbar, noch ein paar wenige Minuten für sich zu haben. Lucas zog sich immer vor einem Konzert zurück, um sich sammeln zu können, doch irgendwie wollte er dieses Mal nicht so gerne alleine sein, wie er es von sich kannte. Christophs Worte hatten ihn aufgewühlt und er wollte Leni sehen. Er fragte sich, ob sie schon wieder in der Sakristei war oder ob sie draußen noch Fotos machte. Selber hätte er das Getümmel vor der Kirche auch gerne gesehen, aber das war der Preis, den er als prominenter Musiker zahlte. Lucas konnte nicht einfach vor die Tür gehen, wenn er wollte, ohne Aufsehen zu erregen. Da an Schlaf jedoch nicht mehr zu denken war, raffte er sich auf und begann damit, sein Bühnenoutfit heraus zu legen. Er nahm eine schnelle Katzendusche an dem kleinen Waschbecken neben dem Garderobenschrank, rasierte und kämmte sich. Nun war er bühnenfein, wie er es nannte, und musste schmunzeln. Er stimmte noch seine Gitarre und machte sich danach auf den Weg nach oben, in der Hoffnung, dass Leni schon wieder zurück von ihren Außenaufnahmen war.

Leni hatte sich ihre Kamera um den Hals gehangen und sich in sicherer Entfernung zu den Fans auf die andere Straßenseite der Kirche gestellt. So unauffällig wie möglich hatte sie versucht, den geschützten Bereich zu verlassen. Leise war sie durch die Eichentür geschlüpft, nachdem sie sich ihre Jacke übergezogen und ihre Kamera umgehängt hatte. Dann, als sie weitestgehend unbemerkt um das Kirchengebäude herum gekommen war und sich abermals unbemerkt durch die Absperrung gemogelt hatte, konnte sie einen freien Blick auf die Kirche, das Hauptportal und die Menschenmenge davor genießen. Es war überwältigend. Jedoch waren es so unglaublich viele Menschen, die auf den Einlass warteten, dass sie sich ernsthafte Sorgen machte, ob auch alle einen Platz in der Kirche finden würden. Das alles musste aber zum Glück nicht ihr Problem sein und sie begann, die Situation vor der Kirche zu fotografieren. Der Himmel war wie gemalt. Rote Schleier durchzogen den tiefblauen Himmel und umrahmten das Spektakel. Himmlisch, dachte Leni. Nach ein paar Bildern, bemerkte Leni, dass einige der Fans sie ins Visier genommen hatten. Ihr wurde langsam unbehaglich, denn nun gab es keinen Zaun mehr zwischen ihr und den aufgeregten Lucas-Sean-Fans. Schnell schoss sie noch ein paar Bilder, um das letzte so wundervolle Licht einzufangen, und machte sich langsam wieder auf den Weg zurück zur Absperrung. Das Letzte was sie wollte, war es von völlig Fremden mit Fragen bombardiert zu werden. Der Security Mann vom Mittag war nicht mehr zu sehen und an seiner Stelle stand nun ein kleinerer und unfreundlich dreinblickender Mann. Beim Hinausgehen an der anderen Seite der Kirche hatte sie ihn gar nicht gesehen. Sie griff in ihre Jackentasche, um ihren Pass heraus zu ziehen, doch das laminierte Material war nicht zu spüren. Abermals griff sie in die Tasche, doch da war nichts. Leise Panik stieg in ihr auf. Der Security Mann sah sie schon etwas vorwurfsvoll an, doch wo sie auch suchte, der Pass war nicht zu finden. Sie hatte ihn doch eingesteckt oder etwa nicht? Wie Schuppen fiel es ihr von den Augen. Sie hatte ihn an ihrem Stuhl hängen lassen, als sie sich ihre Jacke angezogen hatte.

„Ich habe meinen Ausweis drinnen hängen lassen", stotterte sie los. „Wenn Sie kurz nach meinem Namen auf irgendeiner Liste schauen könnten?"

Lenis Mut sank, als der Mann den Kopf schüttelte.

„Glauben Sie mir, das höre ich leider zu oft. Ohne Ausweis kann ich Sie nicht rein lassen."

Lenis Stimmung sank noch weiter in den Keller, wenn das überhaupt möglich war.

„Können Sie nicht bitte kurz hinein gehen, da hängt er über dem Stuhl an der Wand in der Sakristei. Ich habe auch meinen Rucksack und alles andere dort liegen," versuchte sie ihm die Situation zu erklären.

Der Mann machte nicht den Anschein, sich auch nur einen

Meter von dem Tor wegzubewegen. Es schien sogar, als würde er regelrecht dort anwachsen. Das kann doch jetzt nicht wahr sein, dachte Leni. Nun kam sie weder hinein, noch an ihre Sachen heran. Sie hatte alles, bis auf die Kamera, an ihrem Platz gelassen. Eine innere Kälte stieg in ihr hoch und sie begann zu frösteln. Grübelnd wand sie sich von dem Mann ab und blickte in die Menschenmenge. Dann versuchte sie es noch einmal und appellierte an seine Menschlichkeit.

„Bitte, es muss doch eine Liste geben. Heute Mittag gab es noch eine, auf der mein Name verzeichnet war. Ihr Kollege, der kann das sicher bestätigen." Redete sie weiter auf ihn ein.

„Der hat schon Feierabend und ich wurde angewiesen nur Personen einzulassen, die sich ausweisen können. Können Sie sich ausweisen? Nein!" Schüttelte er den Kopf und lachte. „Sehen Sie, deshalb kann ich Sie auch nicht hinein lassen. Die Geschichte könnte mir ja jeder erzählen."

Plötzlich sah Leni, dass ihn eine Hand von hinten an der Schulter packte und ihn beiseitezog. Es kam Lucas zum Vorschein, der grinsend mit ihrem Ausweis vor der Nase des Security-Manns umher wedelte. Leni war augenblicklich so erleichtert, dass sie völlig vergaß, wo sie war und Lucas überschwänglich umarmte. Der Security-Mann schaute betreten zur Seite, doch das alles nahm Leni nicht mehr wahr. Auch nicht, dass die Menge hinter ihr in ein lautes Kreischen ausbrach und Hunderte von Menschen diese Szene nicht nur beobachteten, sondern auch filmten. Leni war jedoch so froh, dass ihr alles andere egal war.

„Wir müssen wieder rein gehen", sagte Lucas ruhig und

holte sie in die Realität zurück. Er war den Trubel gewohnt und blieb gelassen. „Bei Ihnen kann man sich wirklich sicher fühlen", grinste er den immer noch beschämten Security-Mann an. Für die Fans drehte er sich noch einmal um und winkte ihnen zu, die das mit lauten Jubelschreien honorierten. Leni hatte sich indes aus Lucas Umarmung gelöst und war rasch weiter gegangen, um aus der Fotoschussbahn zu gelangen, doch auf der Hälfte des Weges zurück zum Hintereingang hatte Lucas sie wieder eingeholt und grinste sie an. Leni musste unwillkürlich zurücklächeln.

„Ich kann dir nicht sagen, wie dankbar ich dir bin!" Sprudelte es aus ihr heraus. „Zum Glück bist du heraus gekommen und hast mir den Allerwertesten gerettet." Leni griff sich an den Kopf und schüttelte ihn.

„Ach, weißt du, wie oft mir das schon passiert ist? Ständig! Ich hatte es ja bemerkt und du bist ja zum Glück wieder drinnen!" Scherzte er. „Aber verlass die Kirche jetzt besser nicht mehr so kurz vor dem Konzert." Riet er ihr. „Der Einlass müsste gleich anfangen. Wenn du magst, kann ich dir zeigen, wo du dich hinsetzen kannst." Er lächelte sie wieder an und sie konnte nicht anders als in seinen Augen zu versinken.

„Ja, das wäre toll. Aber ich will dir nicht deine Zeit rauben." Lucas schüttelte nur den Kopf und rollte grinsend mit den Augen. Leni musste ihn einfach in die Seite knuffen und stieg mit in sein Lachen ein. Gemeinsam betraten sie die Kirche und Lucas zeigte ihr einen Sitzplatz zwischen der Bühne und dem abgetrennten Backstage Bereich.

„Ich glaube, es ist besser wenn wir den kleinen Zwischenfall für uns behalten." Zwinkert er ihr zu und ging zu seiner

Band hinüber. Leni blickte ihm noch kurz nach. Er hatte ihr den perfekten Sitzplatz ausgesucht. Von dort konnte sie relativ ungesehen nach hinten gelangen, wenn sie etwas brauchte. Sie sah sich um und fand Kristina und Christoph bereits am Kirchenportal, da der Einlass nun begann. Ein reges Strömen in die Kirche begann und Leni ging besser zurück in den hinteren Bereich und beobachtete, wie die Band sich bereit machte und noch einige Dinge besprach. Lucas war eindeutig der Bandleader, wie sie sich einge-stehen musste. Jetzt wo sie die Band zusammen sah, fiel das direkt ins Auge. Die einzige Frau im Team wirkte eher burschikos und noch recht jung, wohingegen der Violinist Lion schon einige Jahre älter als der Durchschnitt schien. Die junge Frau kam aus der Gruppe auf Leni zu und setzte sich neben sie.

„Ich bin übrigens Peg." Lächelte sie Leni an und hielt ihr ihre Hand hin. „Ich habe mich bei dir noch gar nicht richtig vorgestellt."

„Hi, das beruht aber auf Gegenseitigkeit." Lächelte Leni zurück. „Ich heiße Leni und bist du schon nervös?" Wollte Leni wissen.

„Ach na ja, eine gewisse Nervosität muss da sein, sonst ist man nicht gut." Analysierte Peg scherzhaft. „Aber heute bin ich schon etwas nervöser als sonst." Beendete sie ihren Satz. Aus dem Inneren der Kirche konnten sie ein ansteigendes Stimmengewirr hören. Langsam füllten sich die Plätze und eine freudige und aufgeregte Stimmung erfüllte den Raum.

„Ich glaube, ich begebe mich mal langsam zu meinem Platz." Verabschiedete sich Leni von Peg und der Band. „Toi, toi, toi! Und viel Spaß!" Winkte sie ihnen noch zu und verschwand dann vor die Absperrung in den Zuschauerbereich. Kurz dachte Leni, dass es zu übertrieben gewesen sein könnte, aber Lucas hatte zurückgelächelt und ihr viel Spaß gewünscht. Er wirkte nervös, als sie ging. Sie trat aus dem abgetrennten Bereich hervor und spürte direkt neugierige Blicke auf sich. Das ist ja schrecklich, überlegte Leni. Anonymität empfand sie plötzlich als Segen. Und sie war nicht einmal bekannt. Ohne den Blick zu sehr zu heben, glitt sie beinahe geräuschlos zu ihrem Platz. Gerade als sie sich setzen wollte bemerkte Leni, wie Christoph auf die Bühne stieg: „Ihr habt lange auf ihn gewartet und es freut ihn sehr, dass Ihr heute bei seinem ersten Konzert der neuen Tour dabei seid. Seid ihr gut drauf?" Schrie Christoph ins Mikrofon. Ein tosender Jubel ging durch die Kirche. „Ich will euch gar nicht mehr lange warten lassen, denn hier ist er! Lucas Sean!" Die Menge konnte sich nun nicht mehr auf ihren Sitzen halten, sprang auf und verfiel in Geschrei und Geklatsche. Leni wurde sofort mitgerissen und blieb direkt vor ihrem Stuhl stehen. Die gesamte Band kam gemeinsam auf die Bühne. Lucas hatte seine Gitarre bereits um, während er die Bühne betrat, und spielte das erste Intro des Abends. Leni war nun doch etwas nervös und sehr gespannt. Dann stimmte die Band mit ein und Lucas begann zu singen. Er hatte eine wundervolle Stimme, wie Leni, und geschätzte 500 andere Fans auch fanden. Langsam setzten sich alle wieder auf ihre Plätze und genossen die Musik. Es war eine Mischung aus Rock-, Pop- und Folkmusik. In der Kombination mit den sehr gefühlvollen Texten und der besonderen Atmosphäre, wirkte die Musik magisch. Wie konnte es nur sein, dass Leni nie zuvor von ihm gehört hatte, überlegte sie. Sie versuchte, ihn nicht allzu sehr anzustarren aber das war nicht so einfach. Leni konnte die anderen Frauen sehr gut verstehen, die ihn mit den Augen verfolgten. Lucas wirkte umwerfend auf der Bühne. Die Mischung aus Unnahbarkeit und Guter-Freund-von-nebenan war perfekt. Hier und da machte er zwischen den Songs Witze oder ging durch das Publikum und flirtete ein wenig mit dem ein oder anderen Fan. Bei manchen Songs suchte er ihren Blick, wie Leni glaubte. Sie war sich jedoch nicht hundertprozentig sicher, da das Bühnenlicht so fiel, dass es ihn vielleicht blendete und er sie wahrscheinlich gar nicht sehen konnte. Doch Leni blieb bei der romantischen Version, dass er nur wegen ihr in diese Richtung schaute. Aber auch der Rest der Band machte mehr als nur einen tollen Eindruck auf der Bühne. Leni hätte es Pag auf den ersten Blick gar nicht zugetraut, aber sie war eine regelrechte Rampensau am Bass. Auch Lion und Alex spielten grandios, aber am meisten war Leni von dem Schlagzeuger überrascht. Sie hatte ihn zuvor als eher stillen Menschen wahrgenommen, aber nun am Schlagzeug spielte er ein überzeugendes Solo nach dem anderen. Nach circa einer dreiviertel Stunde gab es eine Pause und unter tosendem Applaus zog sich Lucas mit der Band in die Sakristei zurück. Leni blieb auf ihrem Platz sitzen, da sie nicht zu aufdringlich sein wollte. Doch in ihrem Inneren tobte ein Krieg zwischen Herz und Verstand. Sie wollte ihm in die Arme fallen und ihm sagen, wie großartig sie das Konzert fand, doch ihr Verstand befahl ihr, ruhig zu bleiben. Während Leni noch grübelte, was sie nun tun sollte, sahen ihre Sitznachbarinnen sie inzwischen auffällig interessiert an und tuschelten immer wieder miteinander.

Nach ein paar Minuten traute sich dann eine der beiden, Leni anzusprechen.

„Du gehörst zum Team, oder?" War ihre Frage oder eher ihre Feststellung. „Wir haben dich vorhin aus dem Backstage-Bereich kommen gesehen."

Leni war verdutzt und musste kurz nachdenken. „Ähm, nein. Eigentlich nicht. Ich bin heute eher zufällig hier." Sagte sie dann.

Die Hintere der beiden jungen Frauen beugte sich weiter vor, um Leni regelrecht zu begaffen.

„Können wir ein Foto mit dir machen?" Stieß sie plötzlich hervor. Leni war nahezu schockiert. Damit hatte sie nun wirklich nicht gerechnet. „Ich glaube nicht, dass das hier her passt." Gab sie zu verstehen. Sie versuchte jedoch, noch freundlich zu sein, und lächelte die beiden an.

„Ich denke, dass der Künstler es mehr wert ist, fotografiert zu werden." Schloss sie betont lässig an.

Die hintere Frau wirkte sichtlich enttäuscht, doch die Vordere ließ sich nichts anmerken. Dann überlegte sich Leni doch, nach hinten in die Sakristei zu gehen und noch die Toilette aufzusuchen. Sie brauchte ein paar kurze Minuten für sich, um das zu verarbeiten. Sie entschuldigte sich höflich und entfloh den aufdringlichen Frauen durch die Absperrung. An der Wand lehnend, sah sie, wie Lucas sich mit Christoph unterhielt. Leni ging rasch an ihnen vorbei, um sie nicht zu stören, doch Lucas sprach sie an:

„He, na willst du schon gehen?" Scherzte er.

Leni hatte das Gefühl, dass er ihre Meinung zu seinem Konzert hören wollte.

„Nein, da wäre ich ja blöd." Strahlte sie ihn an. „Die Musik ist unheimlich schön, doch die Toilette ruft, und nervige Sitznachbarinnen haben mich vertrieben." Scherzte sie zurück.

Lucas sah sie fragend an, doch Leni wandte sich um und ging weiter.

„Erzähle ich dir später gerne." Beantwortete sie seinen Blick. „Aber nun müsste ich wirklich mal."

Lucas war etwas verwirrt, musste aber über Lenis Blick lachen. Sie hatte gesagt, dass sie es ihm gerne später erzählen würde. Das hieß vermutlich, dass sie nichts dagegen hatte, noch länger zu bleiben. Ein freudiger Schauder überkam ihn. Das Konzert lief bisher reibungslos. Es gab nur einen kleinen Texthänger, den er aber professionell überspielt hatte. Die Fans gingen, wie erwartet, sehr gut mit. Obwohl das Konzert in einer Kirche stattfand, war die Stimmung sehr ausgelassen. Das freute ihn. Gleich, im zweiten Teil, wollte er ein paar neue Songs mit einfließen lassen und hoffte, dass auch diese gut ankommen würden. Er machte sich sowieso zu viele Gedanken während des Spielens. Oftmals hatte er während des ersten Teils zu Leni hinüber gesehen und gehofft, dass ihr das nicht negativ aufgefallen war. Seine normalerweise unbekümmerte Konzerthaltung konnte er dieses Mal nicht herausholen. Dafür war es zu wichtig, dass das erste Konzert der Tour eine gute Kritik bekam. Zudem hatte er lange nicht mehr auf der Bühne und vor allem nicht vor einem so großen Publikum gestanden. Das Kennenlernen von Leni hatte dem Ganzen noch ein wenig mehr eingeheizt und er hoffte, die Hitze in seinem Inneren unter Kontrolle halten zu können. Christoph unterbrach seine Gedanken und fragte ihn, ob er etwas essen wolle. Doch Lucas Magen war wie zugeschnürt. Er verneinte und trank stattdessen noch einen Schluck Wasser. Im hinteren Teil der Sakristei war Leni wieder aufgetaucht und unterhielt sich mit Lion. Sie schien ihn gut leiden zu können, obwohl sie sich eher schlecht als recht verständigen konnten. Lions Englisch war grausam und Lenis Französisch ziemlich mittelmäßig. Lucas war amüsiert von der Situation. Auch Alex und Peg schienen die beiden zu beobachten und mussten schmunzeln. Gerade als Leni versuchte Lion zu erklären, dass sie als Kind auch Geigenunterricht gehabt hatte, fehlten ihr die Worte. Lucas sah seine Chance, sich in das Gespräch einzubringen und übersetzte für sie. Gleichzeitig war er erfreut, dass sie sich auch für Musik zu interessieren schien.

„Warum hast du aufgehört zu spielen?" Wollte er wissen. Er merkte, dass Leni sich ihre Antwort genau überlegte.

„Ich musste mich irgendwann zwischen dem Studium und der Musik entscheiden. Neben der Fotografie war beides zu viel." Antwortete sie schließlich.

„Und kannst du noch spielen?" Hakte Lion nach.

„Ich hab es lange nicht versucht, vielleicht schon, aber ich gehe eher nicht davon aus."

„Das werden wir später noch herausfinden." Witzelte Lion. Lucas war erfreut, dass die beiden sich so gut verstanden. Lions Meinung und Erfahrung waren ihm sehr wichtig.

In fünf Minuten sollte das Konzert weiter gehen. Dazu sammelte er noch einmal alle an einem Tisch, um die Liedreihenfolge für den zweiten Teil durchzusprechen. Leni saß neben Peg und hörte interessiert zu. Doch als die Band langsam aufstand, um gleich wieder auf die Bühne zu gehen, beeilte sich Leni, um vor den anderen ihren Platz im Publikum zu erreichen. Lucas konnte sich denken, warum sie vor der Band draußen sein wollte. Sie wollte keine Aufmerksamkeit auf sich lenken, obwohl sie das ganz unfreiwillig schon getan hatte. Wie konnte man sie auch nicht interessant finden, überlegte Lucas. Das Publikum hatte sich wieder gesetzt und er hörte, dass langsam Ruhe einkehrte. Lucas und seine Band standen direkt hinter dem abgesperrten Bereich und warteten auf das Tonsignal vom Techniker. Aus den Lautsprechern begann das Play-back die Kirche mehr und mehr zu erfüllen. Lucas ging los und griff in die Seiten seiner Gitarre. Die Band kam nach dem ersten Takt nach und jeder ging an sein Instrument. Als Tom die ersten vier Takte des Schlagzeugs spielte, verebbte das Play-back und die Band setzte ein. Lucas liebte diesen so einfach wirkenden Übergang, der doch mehr Übung als der Rest der Stücke, benötigt hatte. Zu seiner Freude hatte es funktioniert und das Publikum stieg mit lautem Klatschen ein. Eine positive Erregung überkam Lucas. Er war wieder auf der Bühne und fühlte sich gut dabei. Das Licht, die Menschen und die Musik machten ihn gerade sehr glücklich. Doch am glücklichsten machte ihn der Umstand, dass dort im Publikum jemand saß, den er so rasch lieb gewonnen hatte, wie er es sich niemals zu träumen gewagt hatte. Er wollte Leni mehr als nur kennenlernen, das wurde ihm klar, als er sie dort sitzen und klatschen sah. Sie lächelte ihn aus vollem Herzen an und er musste zurücklächeln.

7

Nach drei Zugaben war das erste Konzert erfolgreich zu Ende gegangen. Die Band hatte zwei Stunden gespielt und wirkte erschöpft aber glücklich. Leni hatte jede Sekunde genossen. Lucas hatte sich bereits frisch gemacht und umgezogen, während Leni noch am Tisch in der Sakristei saß und Peg und Alex verabschiedete, die schon ins Hotel wollten. Es machte Leni sogar ein wenig traurig, dass nun schon wieder alles vorbei war. Es war ein schöner erster Termin gewesen. Es war bereits spät, doch Lucas machte nicht den Eindruck, als ob er schon schlafen gehen wollte. Er wirkte sehr aufgekratzt und überschwänglich und eher so, als würde er lieber noch etwas unternehmen. Wie Leni wusste, war morgen sein freier Tag und sie würden erst in zwei Tagen weiter fahren. Die Techniker hingegen begannen noch diese Nacht alles abzubauen und zu verladen. Morgen würde man keine Spuren mehr vom heutigen Konzert sehen. Lion und Christoph besprachen mit Kristina noch einige Dinge und setzten sich dann zu ihr an den Tisch. Sie hatte inzwischen auch ihr Kamera-Equipment zusammen gepackt und war bereit, aufzubrechen, doch eigentlich wäre sie am liebsten noch dort geblieben. Ihre Angst, aufdringlich zu sein, war größer, als ihr Wunsch, bei Lucas zu bleiben. Leni stand auf, um allen einen schönen Abend zu wünschen, und wurde prompt von Lion und Kristina umarmt. So viel Herzlichkeit hatte sie nicht erwartet und es machte sie wirklich wehmütig, dass diese Zeit nun so schnell zu Ende sein sollte. Lucas hingegen stand auf und verabschiedete sich ebenfalls von Lion und Kristina. Er bedankte sich herzlich bei Kristina für die gute Organisation und rief Christoph noch ein „bis später!", zu.

Leni war ziemlich irritiert, als sie ihn hinter sich zum Ausgang kommen sah.

„Wo gehst du nun schon wieder hin?", flachste er.

„Ich denke, ich werde langsam mal ins Hotel gehen oder in die nächste Bar." Scherzte sie zurück.

Lucas sah sie mit einem Mal ernst und überlegt an und Leni wurde augenblicklich heiß.

„Möchtest du mit mir noch irgendwas unternehmen? Ich weiß, es ist spät, aber wir sind doch noch so schrecklich jung." Grinste er nun, als wäre er erleichtert, es ausgesprochen zu haben. Leni musste grinsen. Genau das war ihr Wunsch gewesen.

„Zum Glück fragst du!" Brach es aus ihr heraus. Sie schämte sich auf der Stelle für ihre Ehrlichkeit und lief rot an. Eine leichte Panik stieg in Leni auf und sie merkte, wie sie unruhig wurde. Als sie wieder zu Lucas blickte, bemerkte sie jedoch, dass ein Schmunzeln um seine Mundwinkel spielte.

„Entschuldige, aber das will ich schon machen, seit ich dich das erste Mal hier hab stehen sehen." Sagte er plötzlich.

„Wofür entschuldigen?" Wollte Leni noch fragen, doch Lucas hatte bereits ihre Schultern umfasst und sah ihr nun tief in die Augen, auf der Suche nach ihrer Zustimmung. Dann senkte er seinen Kopf zu ihrem und ihre Lippen berührten sich. Leni lief es heiß und kalt den Rücken hinunter. Sie konnte weder atmen noch denken. Ihr Herz pochte wie verrückt und die Welt um sie herum verschwamm.

Lucas war verwirrt, genoss die Spannung, die nun in der Luft lag und sog jeden Teil dieses Kusses in sich auf. Er hatte das Gefühl, so sein Leben lang verharren zu können. Er wusste nicht, wie lange sie dort so gestanden hatten. Nach viel zu kurzer Zeit jedoch lösten sich ihre Lippen wieder voneinander, aber der Zauber verflog nicht.

Wenn es überhaupt möglich war, wurde die Spannung zwischen ihnen nur noch größer. Sie sahen sich an und niemand von beiden sprach ein Wort. Lucas nahm Lenis Hand und langsam drückte er die Tür auf, um Leni zu seinem Wagen zu geleiten. Doch als er die Tür nur einen Spalt weit geöffnet hatte, sah er, dass unzählige Fans auf ihn warteten, um Autogramme zu bekommen. Schnell zog er die Tür wieder zu und Leni knallte in seinen Rücken.

„Da können wir nicht zusammen raus." Flüsterte er. „Zu viele Menschen."

Noch immer völlig verdattert nickte Leni.

„Hör mal, ich gehe vorne raus und fahre zum Hotel. Ich übernachte übrigens im Grand City Hotel auf der Königsallee." Wisperte sie zurück.

Lucas konnte an ihrer Stimme hören, dass sie sich sehr zusammenreißen musste nun alleine zu gehen, doch er war froh zu hören wo sie übernachtete, denn er und seine Band hatten sich in dasselbe Hotel einquartiert.

„Ja, es tut mir leid, aber ich glaube ...", Lucas konnte nicht weiter sprechen, denn Leni hatte ihm ihren Finger auf die Lippen gelegt.

„Du musst dich nicht entschuldigen." Lächelte sie ihn an.

„Das ist nun mal der Preis, den du dafür zahlst, dass du

bei den meisten Menschen bekannt bist, außer bei mir."
Schmunzelte sie. „Ich habe Zimmer-Nummer 330 und wenn
du noch Zeit hast, würde ich mich sehr freuen, wenn du
mich besuchen würdest."

„Das klingt gut." Nickte er wie betäubt.

„Fahr vorsichtig und dann sehen wir uns gleich. Ich beeile
mich." Versprach er ihr aus vollem Herzen.

Leni drehte sich sichtlich unentschlossen um und ging
zurück in die Sakristei. Bevor sie jedoch aus seinem Blickfeld verschwunden war, drehte sie sich noch einmal zu ihm
um und lächelte ihn an. Lucas wusste, dass sie das Gleiche
fühlte wie er. Er stieß die Tür nach draußen auf und die
kühle Abendluft sowie johlende Zurufe schlugen ihm entgegen. Die Security-Männer hatten alle Hände voll zu tun
und Lucas war dankbar, dass sie da waren. Er legte seinen
Gitarrenkoffer und seine Tasche bei Seite und ging auf die
Fans zu, die ausflippten, als sie ihn näher kommen sahen.
Einem Fan nach dem anderen schrieb er seinen Namen auf
T-Shirts, Zettel oder Bilder von sich. Die Schlange war ellen-
lang aber er hoffte, dass es rasch vorüber gehen würde.

Leni schritt durch die stille Kirche, die nun von Technikern
und Klirrgeräuschen der abzubauenden Metallteile erfüllt
war. Am Hauptportal blickte sie sich noch einmal um und
sinnierte über den vergangenen Tag. Es war zu viel geschehen, womit sie niemals gerechnet hatte. Der Kuss brannte
immer noch auf ihren Lippen und abermals überkam sie
ein Schauder. Hoffentlich würde er sie heute noch besuchen, wünschte sie sich. Sie öffnete die schwere Holztür und
schritt die Stufen zum Vorplatz hinunter. Dann wandte sie

sich nach rechts und folgte der Straße Richtung U-Bahn. Auf dem Weg dorthin umrundete sie die Kirche und sah, wie Lucas unzähligen Fans Autogramme gab und sich mit ihnen fotografieren ließ. Leni blieb kurz stehen und schaute sich das Spektakel hinter der Kirche an. Als ob er ihren Blick gespürt hatte, sah Lucas sich plötzlich um und ihre Blicke trafen sich. Eine jetzt schon viel zu tiefe Verbundenheit lag in seinem Blick. Leni lächelte ihm noch einmal zu und wandte sich dann zum Gehen. Beim Verlassen des Schauplatzes merkte sie jedoch, wie schwer es ihr fiel, ihn dort allein zu lassen. Es ging einfach alles viel zu schnell, dachte sie, doch sie wollte es auch nicht aufhalten. Leni freute sich so unbändig auf den bevorstehenden Abend, dass sie nun leicht hüpfend zur U-Bahn lief, die sie innerhalb von 10 Minuten zu ihrem Hotel brachte.

Dort angekommen sah sie am Rand der kleinen Lobby Peg und Alex ziemlich nah beieinander sitzend. Die beiden erkannten Leni sofort und winkten sie zu sich herüber. Leni hatte nicht damit gerechnet, die beiden hier in aller Öffentlichkeit zu treffen, ging aber gerne zu ihnen hinüber und setzte sich dazu.

„Du wohnst also auch hier?" Fragte Alex.

„Ja, ich wusste gar nicht, dass ihr auch hier untergekommen seid. Aber das erklärt, warum ich nicht vor zehn Uhr einchecken sollte." Lachte Leni. „Da seid ihr bestimmt gerade eingecheckt." Überlegte sie laut.

„Ja, das könnte hinkommen. Es war um halb zehn auch verdächtig leer hier." Witzelte Peg.

Leni bemerkte sofort eine intime Stimmung zwischen Peg und Alex und fühlte sich etwas fehl am Platz.

„Ich wünsche euch nun aber eine gute Nacht, ich muss dringend ins Bett." Verabschiedete Leni sich von ihnen.

„Na, als ob du jetzt schon schlafen gehst", lachte Alex. „Lucas kommt dich doch bestimmt gleich noch besuchen." Neckte er sie.

Leni lief puterrot an und musste verlegen grinsen. Sie konnte einfach nicht gut lügen. Doch Peg kam ihr zu Hilfe.

„Ach, lass sie in Ruhe. Jeder macht seins, nicht wahr Alex?" Forderte sie ihn heraus.

Leni nickte ihr zu und wünschte ihnen noch einen schönen Abend. „Bis Morgen dann vielleicht."

Sie wandte sich zum Fahrstuhl und stieg ein. Der Fahrstuhl schleppte sich in die zweite Etage und Leni stand nun in einem vollkommen dunklen Gang. Sie wagte einen Schritt vor und prompt gingen die Lampen von alleine an. Natürlich, wie hätte es auch anders sein können, dachte Leni. Sie schritt den langen Flur zu ihrem Zimmer entlang und fand ihre Tür mit der Nummer 330 auf der rechten Seite des Ganges. Ob er wohl noch kommen mochte, fragte sie sich, während sie die Tür öffnete und die Zimmerkarte in den Stromregler steckte. Ein bereits gedimmtes Licht ging an und versprühte sofort Behaglichkeit. Sie warf ihre Taschen auf das riesige Bett und sich hinterher in die weichen Kissen. Leni schloss die Augen und ließ den Tag, den Kuss und das Erlebte an sich vorüber ziehen. Sie streckte ihre Arme zu beiden Seiten des Bettes aus und eine wohlige Wärme breitete sich in ihr aus. Sie hatte das Gefühl, dass es richtig war. Als hätten sie und Lucas sich gesucht und nun gefunden. Schnell schlug sie die Augen wieder auf und stieg aus dem Bett. Sie packte die wenige Kleidung aus dem kleinen Koffer und ging ins Bad, um eine Dusche zu nehmen. Was sollte sie später nur anziehen, überlegte sie. Es war bereits spät und sie hatte nicht die geringste Ahnung, was geschehen mochte. Wollte er noch mit ihr ausgehen oder wollten sie sich hier auf den Balkon setzen, was ihr persönlich lieber wäre. Auf noch mehr Aufmerksamkeit von Fremden konnte sie wirklich verzichten. Während sie über alle Möglichkeiten des bevorstehenden Abends nach grübelte, huschte sie unter die geräumige Dusche. Diese war angenehm warm, doch beruhigte sie Leni nicht im Geringsten. Sie genoss das Wasser auf ihrer Kopfhaut. Immer wieder jedoch stiegen in ihr leichte Nervositätswellen empor, die sie versuchte, zu unterdrücken. Es brachte nichts, sie konnte die Dusche und das Wasser nicht weiter genießen. Zu groß war ihre innere Unruhe. Sie hetzte nahezu aus der Dusche und wickelte sich ein Handtuch um den Körper. Ihr nasses Haar legte sich in kleinen Wellen auf ihre Schultern und umschlang ihren Hals. Nachdem Leni ihren Körper getrocknet hatte, begann sie ihre Haare zu frottieren und augenblicklich wurde es noch welliger. Während sie in ihre Unterwäsche schlüpfte, überlegte sie sich, was sie anziehen sollte. Irgendwie war ihr eher nach gemütlich zumute. Also folgte sie ihrem Bauchgefühl und schlüpfte in ihre Lieblingsjeans und ein schlichtes T-Shirt. Dann räumte sie ihr Zimmer noch ein wenig auf und versuchte, ihr noch halbnasses Haar in den Griff zu bekommen. Nach kurzen Versuchen entschied sie jedoch, dass das heute Abend unmöglich war. Also ließ sie es offen über die Schultern fallen. Leni sah sich im Spiegel an und fand ok, was sie sah. Sie hatte bereits vorher geahnt, dass die Dusche keine Wunder würde vollbringen können. Nun stand sie vor ihrem Spiegel und wartete, dass es endlich an die Tür klopfte. Würde er überhaupt noch zu ihr herauf kommen, fragte sie sich immer und immer wieder. Um ihre innere Unruhe ein wenig zu besänftigen, setzte sie sich nun auf ihr Bett und begann zu lesen. Doch auch das versprach keine Abhilfe von der Unruhe. Daher schlug sie das Buch zu und legte es bei Seite. Stattdessen öffnete sie die Balkontür und rückte dort zwei Stühle und einen Tisch ein wenig zurecht. Es war zum Glück immer noch angenehm warm draußen. Sie atmete tief durch die Nase ein und wollte gerade ausatmen, als es an der Tür klopfte. Leni erschrak. Hatte es wirklich geklopft oder hatte sie es sich nur eingebildet? Es klopfte noch einmal, aber leiser als zuvor. Rasch wirbelte sie herum, stolperte zurück ins Zimmer und öffnete die Tür.

Er hatte sich sehr beeilt, um zu ihr zu kommen. Nach der Hälfte der Fans hatte er beschlossen, das Autogrammschreiben zu beenden. Die Fans waren enttäuscht gewesen, aber er konnte es nicht immer allen recht machen. Danach hatte er sich in seinen gemieteten Wagen geschmissen und an der nächsten Tankstelle eine Flasche Wein und eine Flasche Wasser gekauft. Im Hotel angekommen hatte er in der Lobby noch Peg und Alex sitzen sehen, die ihn aber nicht bemerkt hatten. Sie saßen auffällig nah beieinander, doch dass zwischen den beiden inzwischen mehr war als nur Freundschaft, hatte er schon in den letzten Tagen bemerkt. Lucas freute sich für die Zwei. In seinem Zimmer angekommen hatte er sich abermals geduscht und sich gefühlte 100 Mal überlegt, was er nun anziehen sollte. Er hatte sich für etwas Legeres entschieden und stand nun vor der Zimmertür

Nummer 330. Er hatte bereits einmal geklopft, doch Leni hatte die Tür nicht geöffnet. Ob sie eingeschlafen war, fragte er sich. Er klopfte vorsichtig ein zweites Mal an der Tür. Leise Angst stieg in ihm auf. Ob das überhaupt die richtige Zimmertür war? Endlich öffnete sie sich und Leni stand vor ihm. Sie strahlte bis über beide Ohren und er konnte nicht anders, als zurückzustrahlen. Er hielt ihr den Wein entgegen und schwenkte mit der Flasche vor ihrer Nase hin und her.

„Hast du Lust auf einen Wein?" Fragte er grinsend.

„Ja, sehr gerne der Herr, aber kommen Sie doch erst mal herein." Bat sie ihn gespielt förmlich herein. Lucas nahm das Angebot sehr gerne an und beide verschwanden in ihrem Zimmer. Er war nervöser, als er es von sich kannte. Die Frauen, mit denen er sonst zusammen gewesen war, hatte er immer schon ewig vorher gekannt. Doch diese Frau war ihm völlig fremd und sie machte ihn, mit allem, was sie tat oder sagte, nur noch neugieriger. Sie sah umwerfend aus. Die Jeans und das einfache T-Shirt unterstrichen ihre gute Figur und das schöne Gesicht. Er musste sich zügeln, sie nicht die ganze Zeit anzustarren. Leni hatte bereits die Flasche geöffnet und zwei Gläser in der Hand, während er noch im Zimmer stand und sie ansah.

„Wollen wir uns raus setzen?" Fragte sie in seine Gedanken hinein.

„Ja, gerne." Erwiderte er und versuchte sich zu konzentrieren. Er nahm ihr im Gehen die Flasche aus der Hand und als Leni die Gläser auf den Tisch gestellt hatte, schenkte er ihnen etwas von dem halbtrockenen Tankstellen-Wein ein.

„Danke, dass ich hier sein darf." Sagte er ehrlich. Er merkte, wie Leni rot anlief, und musste schmunzeln.

„Ich freue mich auch sehr, dass du da bist." Gab sie zurück und sie stießen gemeinsam auf einen schönen Abend an.

Von da an lief das Gespräch wie von selbst. Sie erzählte ihm von ihrer durchwachsenen Kindheit und ihrer Mitbewohnerin. Sie ließ ihn an peinlichen aber auch witzigen Situationen teilhaben. Er hingegen erzählte ihr von seinen Geschwistern und seiner familiären Vergangenheit.

„Weißt du, meine große Schwester ist wirklich die großherzigste Person, die ich je kennenlernen durfte. Sie hat mich lange bei sich wohnen lassen und es gab nicht mal von meinem Schwager Thomas komische Anmerkungen dazu."

Leni musste lachen: „Aber wieso hast überhaupt bei ihnen gelebt? Also ich meine, warum bist du nicht gereist oder hast einfach mit der Musik weiter gemacht?"

Lucas hatte noch nie wirklich mit jemandem über dieses Thema gesprochen. Irgendwie hatte einfach jeder akzeptiert, dass er einfach eine Pause vom Business brauchte. Sie sah ihn eindringlich an.

„Wie soll ich das erklären?" Überlegte er laut. „Ich glaube, das Reisen hätte mir in meiner damaligen Situation nicht wirklich geholfen. Ich wollte zurück zu etwas Normalen, etwas Handfestem."

Leni betrachtete ihn und er wusste, dass sie gerne mehr hören wollte.

„Es ist einfach so, wenn Du ständig mit Menschen zu tun hast, die du für das Da-Sein bezahlt hast, ist doch am Ende niemand Wirkliches bei dir. Ich habe genau das gebraucht. Etwas Echtes, Glanzloses und einfach Ehrliches."

Leni nickte verständnisvoll. „Hat es dir geholfen, bei ihr zu sein? Konntest du wieder zu dir selbst finden?"

„Ja," konnte er ehrlich antworten und war sehr dankbar dafür.

„Ich hatte das Glück einen Hafen ansteuern zu können, in dem ich solange bleiben konnte, bis es mir wieder gut ging. Und ich habe seitdem neue Prioritäten: Echte Menschen, glücklich bleiben und mal Pause machen." Lucas musste lachen. Seine Prioritäten klangen einfach lächerlich, wenn man sie laut aussprach, doch sie waren wichtig für ihn und er hoffte, dass sie ihn in Zukunft vor all zu großen Fehlentscheidungen bewahren würden.

Es dämmerte bereits, als Leni auf die Zukunft zu sprechen kam. Lucas merkte, dass sie genau über ihre nächsten Sätze nach dachte und ließ ihr Zeit. Er nahm noch einen Schluck Wasser, da der Wein bereits leer war, und wartete auf ihre nächsten Worte. Leni räusperte sich und sah in die aufgehende Sonne. „Ich will ehrlich sein." Begann sie vorsichtig ihren Satz, blickte aber weiter in die umliegende Nachbarschaft. „Ich finde dich mehr als nur nett und habe das Gefühl, dass es dir mit mir ähnlich geht." Nun blickte sie ihn an und suchte in seinem Blick nach seiner Zustimmung. In ihm schrie seine Zustimmung und er hoffte, dass sie es sah. Sie sprach weiter: „Wie soll das aber funktionieren? Du bist nun unterwegs und ich auch. Wir sind wie Vögel im Wind, die sich heute zufällig auf einem Baum getroffen haben und nun wieder ihrer Wege fliegen." Sie blickte resigniert zu Boden. Nein, das wollte er nicht. Er wollte nicht mehr alleine fliegen. Er wollte sie an die Hand nehmen und mit ihr zusammen durch die Welt gehen. Lucas stand auf und setzte sich vor sie. Sie sahen sich an und er wusste, dass sie es auch wusste. Es gab keinen Weg mehr zurück. Sie gehörten zusammen und würden es irgendwie schaffen, auch diese Zeiten, ohne einander zu überstehen. Lucas nahm Lenis Hände in seine und betrachtete sie.

„Nein, ich möchte nicht ohne dich fliegen," nahm er ihren Vergleich auf. „Ich möchte, dass du, wenn du Zeit hast, mit mir reist und wir uns besser kennenlernen. Und wenn die Tour vorbei ist, sehen wir weiter. Ich bin frei und kann von überall aus arbeiten. Und bei deinem Job sehe ich da auch keine großen Probleme. Wenn ich dann kann, werde ich mit dir unterwegs zu deinen Aufträgen sein."

Leni nickte zustimmend und die Resignation in ihrem Blick wich einem Lächeln. „Das wäre großartig." Strahlte sie ihn an. Nun konnte er sich nicht mehr zusammen reißen und nahm sie in seine Arme. Sie ließ sich bereitwillig zu ihm heranziehen und legte ihren Kopf an seine Schulter. Sie roch umwerfend und es raubte ihm schier den Atem.

„Ich glaube, eine Mütze Schlaf würde uns ganz guttun." Sagte er, obwohl er ewig dort mit ihr hätte sitzen bleiben können. Leni nickte zustimmend und er trug sie in ihr Zimmer, legte sie auf das große Bett und gab ihr einen so langen und innigen Kuss, dass er das dickste Eis zum Schmelzen gebracht hätte. Er merkte, dass er mehr wollte, doch stattdessen zog er sich zurück, um sie schlafen zu lassen.

„Wo willst du hin?" Fragte Leni erschrocken.

„Ich wollte dich schlafen lassen." Lächelte er sie an.

„Nein, bitte bleib noch." Bat sie. Er ließ sich nicht zwei Mal bitten und legte sich zu ihr auf das große und weiche Bett.

Eine wohlige und vertraute Wärme durchzog sie. Die letzten Stunden waren bereits wie ein Traum gewesen, doch nun wusste und fühlte sie, dass dieser Traum Realität geworden war. Sie fühlte seinen Bauch an ihrem Rücken und spürte seine Wärme durch ihr dünnes T-Shirt hindurch. Sein Atem kitzelte in ihrem Nacken, doch es störte sie keineswegs. Lucas gab ihr einen Kuss in den Nacken und Leni lief ein Schauder über den Rücken. Ihre Haut und Nervenenden waren bis ins Allerletzte gespannt. Trotz der Spannung jedoch und ihrer Gefühle, die wie Schmetterlinge in ihrem Bauch umher flogen, schlief sie so schnell ein, dass sie nicht mehr mitbekam, wie Lucas ihr einen Song ins Ohr summte.

8

Als ihr die ersten Sonnenstrahlen ins Gesicht schienen, wurde sie nur schwer wach. Zunächst war sie orientierungslos und brauchte zwei, drei Sekunden bis sie begriff, wo und mit wem sie zusammen war. Leni drehte sich auf die andere Seite und sah Lucas immer noch schlafend neben sich liegen. Es war den Morgen über so warm gewesen, dass sie nicht einmal eine Decke gebraucht hatten. Nun lag er dort neben ihr und sie konnte ihn im Schlaf beobachten. Sein dunkles Haar fiel ihm ein wenig in die Stirn. Seine Stirn, die so oft so angespannt wirkte, wenn er nachdachte, war nun entspannt und verlieh ihm ein weiches Aussehen. Er atmete sehr tief und Leni dachte, dass er wohl noch sehr lange schlafen würde. Sie nahm seine Hand und schloss wieder die Augen. Sie wollte ihn noch nicht wecken, da er die Ruhe bestimmt nicht allzu oft genießen konnte. Leni hatte gerade das Gefühl, wieder weg zu schlummern, als plötzlich etwas zu vibrieren begann. Sein Handy, dachte Leni resigniert und öffnete wieder die Augen.

Lucas hatte die Augen nun ebenfalls geöffnet und sah sie verschlafen an. Langsam ließ er ihre Hand los und griff in seine Hosentasche. Dann sah er auf sein Telefon und drückte auf den roten Knopf. Leni war erschrocken. Auf dem Display hatte sie gelesen, dass Christoph angerufen hatte. Lucas lächelte über ihren Blick und gab ihr einen Kuss auf die Stirn. „Den kann ich jetzt noch nicht ertragen", flüsterte er und ließ sich wieder zurück ins Kissen sinken.

„Aber musst du nicht irgendwohin, oder so was?" Fragte sie prüfend.

Lucas musste lachen. „Nein, heute ist mein freier Tag, den ich ganz für mein Privatleben habe." Sagte er schelmisch.

Leni reichte diese Antwort, um beruhigt zu sein und lachte.

Lucas sah sie prüfend an. „Oder willst du mich schon loswerden?" Fragte er zögernd.

Nein, das war ganz und gar nicht, was Leni wollte. Langsam streckte sie ihre Hand zu seinem Gesicht aus und zog es zu ihrem.

„Du weißt genau, dass ich dich hier haben möchte." Flüsterte Leni in Lucas Ohr. Sie merkte, wie ihm ein Schauder über den Rücken fuhr. Augenblicklich wandte er ihr sein Gesicht zu und küsste sie. Nicht zaghaft oder fragend, sondern fordernd und sicher. Leni verschlug es abermals den Atem. Er konnte einfach so gut küssen, dass sie nie genug davon bekommen würde. Sie drückte sich leicht an ihn, doch Lucas wich schwer atmend zurück.

„Wir sollten vielleicht wirklich bald aufstehen, um noch etwas vom Tag zu haben." Überlegte er laut.

Leni konnte sich denken, warum er das tat, doch ließ sich nichts anmerken.

„Was sagt denn die Uhr?" Fragte sie stattdessen.

Lucas blickte hinüber auf die Nachtischuhr. „Oh, schon fast zwölf, hast du Lust auf einen Brunch?" Knuffte er sie liebevoll in die Seite. Leni entwand sich seinem Griff und sah ihn an.

„Und wo?" Wollte sie wissen.

„Hier im Hotel soll es ein grandioses Brunch-Buffet geben,

hat mir die Zimmerdame gestern früh verraten. Wenn wir uns ein wenig sputen, können wir das bestimmt noch abgreifen." Lächelte er sie an.

Leni nickte und wie zur Bestätigung knurrte ihr Magen ungewöhnlich laut. Beide mussten lachen und quälten sich aus dem viel zu bequemen Bett.

„Ach herrje!" Schoss es plötzlich aus Leni heraus. „Ich muss bis um eins ausgecheckt haben. Ich geh eben duschen und packe fix meine Sachen zusammen." Organisierte sie laut.

Lucas nahm sie an den Schultern und lächelte sie mit seinem umwerfenden Strahlen an.

„Mach dir bitte keinen Stress. Heute machen wir alles entspannt." Lächelte er. „Wie wäre es, wenn du dich wirklich in Ruhe fertigmachst und deine Sachen packst. Ich werde inzwischen organisieren, dass wir gegen eins bei mir oben im Zimmer etwas essen können. Dann bringst du deinen Koffer mit hoch und nach dem Essen entscheiden wir, was wir machen." Grinste er.

Leni war begeistert und musste ihn an sich drücken. Dabei merkte sie, wie bereitwillig er sich von ihr an sich reißen ließ. Sie verharrten in der Situation, bis ein imaginärer Startschuss beide dazu veranlasste sich voneinander zu trennen. Leni suchte ihre Kleidung zusammen und Lucas machte sich auf den Weg aus Lenis Zimmer.

„Ach, meine Zimmernummer ist die 500, ganz oben." Er sah sie noch einmal an und wandte sich dann zum Gehen.

Die Tür fiel hinter ihm ins Schloss und Leni stand einen Moment, wie verdattert in ihrem Zimmer, doch sie fand rasch wieder zu ihrem Rhythmus zurück. Ihre Gedanken allerdings waren bei Lucas, dem letzten Tag und vor allem bei der letzten Nacht. Die Spannung zwischen beiden war spürbar gewesen. Sie mochte seine Ansichten zu vielen Themen, die sie besprochen hatten. Und sie mochte seine Art, mit ihr umzugehen. Als wäre sie jemand Besonderes — und nicht er. Doch er war der Star, der Unerreichbare. Nur nicht für sie. Leni hatte in der letzten Nacht für sich entdeckt, dass es ein Segen war, nicht mehr von ihm zu wissen, als das, was er ihr erzählt hatte. In der ganzen Zeit mit ihm hatte er ihr nie das Gefühl gegeben, dass sie weniger wichtig sein könnte als er.

Lucas war geradezu hüpfend und beschwingt zu seinem Zimmer gelaufen. Er schwebte auf Wolke sieben und wollte davon auch nicht mehr herunter. Doch die Realität kam schneller zurück, als er es wollte. Unter seiner Zimmertür lag ein Zettel und Lucas hatte direkt erkannt, dass er von Christoph kam. Er hatte eine Sauklaue und es war gerade für Lucas schwierig, die Schrift in einer fremden Sprache zu entziffern. Meistens schrieb Christoph ihm in Englisch, da Lucas der deutschen Sprache nicht all zu mächtig war. Doch wenn Christoph gehetzt war und keine Zeit hatte, vergaß er schon mal sein Englisch. Lucas musste darüber schmunzeln. Christoph war ein netter und fürsorglicher Mann, doch er machte sich immer und ständig zu viele Sorgen um alles und jeden. Selbst an seinem freien Tag hatte er Lucas noch den morgigen Tagesablauf aufgeschrieben:

Hey Luc, ich habe Dich leider nicht angetroffen, aber hier ist schon mal der Plan für morgen:

11:00 Uhr: Interview - westdeutsche Zeitung - Lobby Grand City Hotel
12:30 Uhr: Band-Meeting - Tagungsraum Blau Hotel Grand City Hotel
16:00 Uhr: Radiointerview - WDR 1 Live - Köln
18:00 Uhr: Abfahrt nach Dresden - Köln HBF

Bis später, Chris

Auf die beiden Interviews hätte Lucas liebend gerne verzichten können, doch er wusste, dass es dazu gehörte und er war dankbar, dass es überhaupt so schnell wieder ein öffentliches Interesse an ihm und seiner Musik gab. Das Band-Meeting hingegen war für ihn keine wirkliche Arbeit. Eher im Gegenteil verbrachte er seine Zeit sehr gerne mit seinen Bandmitgliedern. Doch was Lucas bekümmerte war die Abfahrt nach Dresden am frühen Abend. Wie sehr wäre gerne noch länger in Köln bei Leni geblieben. Und bereits morgen sollte es nach Dresden gehen und er wäre noch weiter von Leni entfernt. Lucas legte den Zettel bei Seite und schloss die Tür hinter sich. In seiner Suite sah es beinahe genauso aus wie gestern Abend, als er sie verlassen hatte. Nur seine Handtücher waren bereits ausgewechselt worden. Lucas schritt durch das geräumige Zimmer zum Telefon. Nach einem kurzen Klingeln war die Rezeption zu hören.

„Einen schönen guten Tag Herr Sean, wie kann ich Ihnen helfen?" Nuschelte der Mann an der Rezeption freundlich.

„Hallo, ich würde Sie bitten, mir auf Ein Uhr ein kleines Frühstück für zwei Personen hochzubringen." Bat er.

„Sehr gerne. Haben Sie einen besonderen Wunsch für das

Frühstück? Kaffee oder lieber Tee?" Nuschelte der Mann am anderen Ende des Hörers weiter. „Ja, gerne Tee und Kaffee." Fügte Lucas hinzu.

„Sehr gerne. Dann wünsche ich Ihnen einen guten Appetit und einen schönen Tag in Düsseldorf." Beendete der Rezeptionist das Gespräch.

Lucas legte ebenfalls auf und rief Christoph an.

„Hey Luc, da bist du ja. Ich habe mir schon Sorgen um dich gemacht." Sagte er betont sorgenvoll.

„Oh, ja es geht mir sehr gut. Es ist nur gestern noch etwas Später geworden und da konnte ich heute Morgen leider noch nicht ans Telefon gehen." Verteidigte sich Lucas. Er wusste nicht genau, warum er das tat, schließlich war er erwachsen und Christoph nicht sein Chef, doch er wollte ihn ungern im Ungewissen lassen.

„Ja, macht ja nichts. Du lebst ja noch und hörst dich ziemlich gut an."

„Was wolltest du denn? Und wo bist du?" Fragte Lucas.

„Hast du den Zettel unter deiner Tür gefunden? Ich wollte dir nur die Termine durchgeben. Ich bin mit Tom und Lion in der Stadt unterwegs. Alex und Pag sind, glaube ich, zu ihren Eltern gefahren. Die wohnen wohl in der Nähe." Hing er noch an.

„Interessant." Grinste Lucas. „Sehen wir uns später noch? Ich werde mal etwas frühstücken und melde mich dann bei euch." Sagte Lucas betont locker.

Doch Christoph kannte ihn zu gut. „Wirst du alleine frühstücken?" Fragte er schelmisch.

„Nein." Antwortete Lucas nur kurz angebunden mit einem Lachen in der Stimme.

„Ich wünsche euch einen schönen Tag. Bis später." Beendete Christoph das Telefonat.

Lucas sah auf die Uhr neben dem Telefon und merkte, dass er viel zu viel Zeit vertrödelt hatte. Heute Morgen, im Bett neben Leni war ihm eine Melodie in den Kopf geschossen, die er noch auf der Gitarre ausprobieren wollte. Er entschied sich jedoch, sich zuvor frisch zu machen, damit er fertig war, wenn das Frühstück und vor allem Leni kamen. Er sputete sich und war innerhalb einer viertel Stunde fertig. Das Wetter war heute eher durchwachsen, daher entschied er sich für eine Jeans und einen Sweater. Als er angezogen war, räumte er noch seine Kleidung auf und drapierte den Tisch und die Stühle so, dass Leni und er sich später über Eck gegenüber sitzen konnten. Als er alles erledigt hatte, packte er seine Gitarre aus und setzte sich auf einen kleinen Hocker an der Fenstertür, die zum Balkon hinaus führte. Die Melodie, die in seinem Kopf umher schwirrte, fiel wie von selbst auf die Saiten und formte sich zu einem eingehenden Refrain. Lucas versuchte verschiedene Varianten, schob die eine wieder zur Seite und versuchte eine Neue. Mit dem Text würde er bis zum Schluss warten, aber er hatte schon eine Ahnung. Wenn er überzeugt davon war, wollte er diesen Song Leni widmen, überlegte er.

Leni stand mit ihrem kleinen Koffer und ihrer Kameratasche vor Lucas Zimmertür und war schon wieder nervös. Sie nahm ihren ganzen Mut zusammen und wollte gerade an die Tür klopfen, als sie Gitarrenklänge aus dem Inneren vernahm. Er spielt, dachte sie. Leise legte sie ihr Ohr an die Tür und lauschte der Melodie. Leni war begeistert.

Komponieren konnte er auf jeden Fall, ging es ihr durch den Kopf. Nach ein paar Minuten klopfte sie dann doch an die Tür und die Musik verstummte. Kurze Zeit darauf öffnete ihr ein gut gelaunter Lucas die Tür. Leni konnte sich ihn gar nicht in schlechter Stimmung vorstellen. Er half ihr, den Koffer hinein zu tragen, und machte hinter ihr die Tür zu. Leni war verblüfft. Dieses Zimmer war nicht mit ihrem zu vergleichen, obwohl sie ihres schon für übermäßig schick gehalten hatte. Im Gegensatz zu dieser riesigen Suite war ihr Hotelzimmer beinahe eine Abstellkammer. Leni war erstaunt im Flur stehen geblieben, um alles auf sich wirken zu lassen, bis Lucas sie sanft weiter hinein schob. Das Zimmer war in einen Wohn-/Essbereich und in ein Schlafzimmer unterteilt. Beide Räume waren durch eine gigantische Flügeltür miteinander verbunden. Leni nahm geistesabwesend ihre Tasche von ihrer Schulter und legte sie auf das Sofa, welches ihr am Nächsten stand. Lucas hatte ihren Koffer inzwischen im Flur abgestellt. Nun kam er auf sie zu und zog sie zu sich heran. Leni musste zu ihm aufsehen. Sie blickten sich lange an und sie hatte das komische Gefühl, dass er in ihre Seele schauen konnte. Dann beugte er sich zu ihr hinunter und küsste sie lang und innig, doch nicht zu aufdringlich. Ihr blieb der Atem weg und ihr Gesicht glühte. Dann lösten sich ihre Lippen wieder voneinander und Leni sah im Augenwinkel seine Gitarre stehen. Sie musste lächeln und hielt Lucas ein wenig auf Abstand, um ihn anzusehen. „Spielst du mir was vor?" Sie zeigte auf die Gitarre.

„Wenn du magst", grinste er. „Leider habe ich keine Violine hier, sonst hättest du mir was vorspielen können." Neckte er sie. Dann nahm er ihre Hand und sie gingen gemeinsam zum Fenster, an dem seine Gitarre lehnte. Leni setzte sich auf das Sofa ihm gegenüber und Lucas setzte sich wieder auf den kleinen Hocker. Dann begann er seine Melodie erneut zu spielen und sah Leni dabei an. Sie blickte aus dem Fenster und lauschte der Musik.

Dann begann sie leise zu summen und Lucas hielt inne.

„Kennst du die Melodie etwa schon?" Grinste er sie fragend an.

Leni schnaufte etwas peinlich berührt. „Ich habe sie vorhin kurz durch die Tür gehört." Sie lief leicht rot an, besann sich dann aber weiter zu sprechen. „Also, anstatt des E-Molls würde ich in der Wiederholung ein A spielen. Ich glaube, das würde die Melodie leichter machen." Schloss sie ihre Überlegung. Lucas sah sie verwundert an. Dann begann er zu lachen und hielt ihr seine Gitarre hin. Leni sah ihn perplex an. „Bitte spiel!" Bat er.

Oh Gott, was hatte sie nur getan. Leni hatte seit Jahren nicht mehr gespielt. Doch nun, da er sie so voller Vorfreude anstrahlte, konnte sie einfach nicht mehr zurück.

„Aber ich kann das nicht so gut wie du. Ich hatte nur als Kind ein wenig Gitarrenunterricht und das, was ich gerade gesagt habe, ist auch schon alles, was ich darüber weiß." Stotterte Leni. Lucas gab jedoch nicht auf und kam mit der Gitarre zu ihr herüber. „Bitte spiele es so, wie du es fühlst." Er sah sie an und sie wusste, dass sie nicht Nein sagen konnte. Resigniert nahm sie die Gitarre und legte sie auf ihren Schoß. Sie war aus einem wesentlich besseren Holz als ihre Eigene. Schwer und trotzdem handlich und wahrscheinlich mit einem unermesslichen emotionalen Wert für ihn.

„Du hast sie immer bei dir, stimmt`s?" Fragte sie ihn, während sie ihre Finger auf die Saiten legte.

„Ja", erwiderte er. „Sie gehörte vorher meinem Vater. Irgendwie kann ich auf ihr am besten spielen."

Leni nickte und stimmte den ersten Akkord an. Wie von selbst wanderten ihre Finger über die Saiten. Ihre Anschlaghand war locker und doch gerade fest genug, um harmonische Klänge hervorzubringen. Sie spielte die Melodie, die Lucas sich ausgedacht hatte und veränderte sie an der Stelle, die sie zuvor genannt hatte.

Lucas nickte zustimmend. Dann erweiterte sie seine Melodie um eine weitere Melodie, welche die Erste aufnahm, sie aber in einem anderen Takt-Muster wider gab und zu vervollständigen schien. Sie wiederholte alles ein paar Mal. Lucas hatte sich inzwischen zurückgelehnt und ihr mit geschlossenen Augen zugehört. Dann nahm er plötzlich ein kleines in Leder eingebundenes Heft aus der Hosentasche und begann etwas aufzuschreiben. Leni kannte dieses Heftchen aus seinem Wagen. Es war also sein Text Heft, überlegte sie und spielte ruhig weiter. Dann sah er sie an und begann eine Melodie zu summen, aus der langsam eine Phrase wurde. Erst leise und beinahe flüsternd. Doch als Leni die Variante zum dritten Mal wiederholte, sang er sie lauter mit seiner klaren Stimme. Als Leni den kurzen Refrain auswendig konnte, stieg sie mit ein und begleitete ihn in einer höheren Tonlage. Er blickte sie immerwährend an und sie hatte Sorge, dass es sich schlecht anhören könnte, doch Lucas bestätigte sie, weiter zu singen. Ihre Melodie und der Refrain passten so gut zusammen, dass sie beide lächeln mussten. Sie hatten alles um sich herum vergessen, als es plötzlich an der Tür klopfte. Leni stoppte abrupt ihr Spiel auf der Gitarre und Lucas begann zu lachen.

„Wenn du deinen Blick sehen könntest!" Er stand auf und summte immer noch die Melodie, während er zur Tür ging. Leni war über sich selbst verwundert, dass sie so gespielt und gesungen hatte und es ihr so viel Spaß gemacht hatte. Am liebsten hätte sie das Frühstück ausfallen lassen und weiter gespielt. Lucas kam, gefolgt von einem Mann im Frack zurück ins Zimmer.

„Guten Tag die Dame." Sagte dieser ein wenig überheblich, aber freundlich zu Leni.

„Das wünsche ich Ihnen auch."

Sie legte die Gitarre zur Seite und gesellte sich zu den beiden Männern, die den Tisch mit allerlei Leckereien deckten. Lenis Magen machte einen Hüpfer vor Freude. Lucas sah sie belustigt an und Leni stieg direkt die Hitze in den Kopf. Nach wenigen Minuten war alles gedeckt und der Hotelangestellte verabschiedete sich und wünschte ihnen beim Hinausgehen noch einen guten Appetit. Leni und Lucas setzten sich an den runden Tisch und genossen das üppige Frühstück.

„Möchtest du Kaffee oder Tee?" Fragte er sie, als sie saßen.

„Oh, Kaffee mit Milch bitte." Er schüttete ihr Kaffee in ihre Tasse und setzte sich dann wieder.

„Was für ein Service", gluckste sie fröhlich. Dann schmierte Leni sich ein Croissant und genoss die Ruhe. Lucas hatte sich ebenfalls ein Croissant gegriffen und knabberte nun an ihm herum. Er wirkte nachdenklich.

„Was beschäftigt dich?" Wollte sie gerne wissen.

„Du", antwortete er unverblümt. Leni war schockiert.

„Was habe ich verbrochen?" Fragte sie besorgt.

Lucas musste lachen. „Nichts schlimmes", beruhigte er sie. „Ich wusste nur nicht, was für ein Talent in dir steckt. Weißt du eigentlich, dass du richtig gut bist?" Fragte er sie.

Leni war verlegen. Damit hatte sie nicht gerechnet.

„Ähm, eigentlich nicht. Ich meine, es hat mich auch noch nie wirklich jemand zuvor singen gehört. Ich habe immer nur für mich, oder zu Weihnachten mal, für meine Familie gesungen und gespielt." Stotterte sie.

„Wirklich, du hast Talent. Und davon nicht zu wenig." Betonte er. „Wie schmeckt dir das Frühstück?" Lenkte er vom Thema ab, da er Lenis Unbehagen spürte. Leni bemerkte es und musste grinsen.

„Unverblümter Themenwechsel? Gefällt mir." Sie grinste. „Aber ja, das Frühstück ist klasse. Die Marmelade musst du probieren." Sie hielt ihm ihr Croissant hin, er biss ab und bejahte es nickend.

„Da hast du recht." Nuschelte er mit vollem Mund.

9

Lucas hatte das Frühstück sehr genossen und wieder viel mit Leni geredet. Es machte ihm Spaß, mit ihr herum zu albern und gleichzeitig über ernste Themen zu sprechen. Sie war intelligent und witzig. Die perfekte Kombination, wie er fand. Zudem war sie außerordentlich musikalisch. Er wollte es heute noch irgendwie schaffen, dass sie eine Violine in die Hand bekam. Den Song, den sie zusammen eher nebenbei entwickelt hatten, wollte er unbedingt ausreifen und am liebsten mit ihr zusammen einsingen. Aber war das überhaupt möglich, fragte er sich selbst. Oder war es besser, Liebe und Beruf zu trennen? Er stolperte über seine eigenen Gedanken. Hatte er gerade wirklich an Liebe gedacht? Nein, ohrfeigte er sich innerlich, das ging viel zu schnell. Lucas nahm sich vor, nicht mehr so viel über die Zukunft nachzudenken, doch ob ihm das gelingen würde, bezweifelte er. Erst einmal wollte Leni noch ein paar Außenaufnahmen bei Tageslicht von der Kirche machen und ihm später einen Park ganz in der Nähe zeigen, den sie liebte. Lucas musste wieder feststellen, dass sie ihre Leidenschaft zum Beruf gemacht hatte. Sie hatte viele Talente, doch in ihren Bildern steckte ihr ganzes Wesen. Leni hatte ein wenig herumgedruckst bei der Frage, ob er sie zur Kirche begleiten wollte. Das fand er unheimlich süß, doch natürlich wollte er. Die Zeit mit ihr zusammen verging so schnell, da wollte er jede Minute mit ihr auskosten.

Hand in Hand gingen sie zu Fuß vom Hotel aus Richtung Kirche. Natürlich mussten sie den Hinterausgang nehmen, doch das war kein großes Problem für ihn. Lucas hätte es eher geärgert, wenn er ihre kostbare Zeit mit Autogramm-schreiben vergeuden müsste.

Sie kamen schneller als gedacht an der Kirche an. Den ganzen Weg über hatten sie miteinander geredet und er kannte nun alle Eigenarten ihrer Mitbewohnerin.

„Wirklich, es ist ein Segen mit ihr zusammenzuleben."

Bemerkte Leni lachend, nachdem Lucas über Marlas' nicht vorhandenen Kochkünste gelacht hatte. Leni hatte die paar Außenaufnahmen schnell geschossen und schien sehr zufrieden mit ihrem Werk.

„Ich hoffe wirklich, dass die Bilder dem „Cultures" gefallen werden. Sie werden mich nämlich immer an unser Kennen-lernen erinnern."

Lucas war überzeugt davon. Er hatte bisher zwar nur eine kleine Auswahl ihrer Bilder gesehen und von der Fotogra-fie hatte er nur eine laienhafte Ahnung, doch er sah den künstlerischen Ansatz in Lenis Bildern. Leni hatte ihn zuvor gefragt, ob es ihn stören würde, wenn sie auch Bilder von ihnen gemeinsam machte. Unter normalen Umständen hätte er ja gesagt, doch sie machte so interessante Fotos von ihm und ihnen beiden zusammen, dass er es ihr gar nicht verwei-gern wollte. Zudem vertraute er ihr einfach. Er hatte bei Leni nicht das Gefühl, dass sie ihre Bilder gleich am nächsten Tag an irgendein Boulevardblatt verkaufen würde. Zusammen gingen sie von der Kirche aus auf dem kürzesten Weg zum Park, da er befürchtete, von Fans erkannt zu werden. Leni hatte, wie er fand, erstaunlich gelassen darauf regiert. Sie hatte sogar vorgeschlagen, ihm eine Cap und eine Sonnenbrille zur Tarnung zu besorgen. Er wusste nicht mehr, wann er das letzte Mal so viel gelacht hatte. Sie brachte ihm die Sonne in sein Leben und überschwemmte ihn mit Lebensfreude. Nach wenigen Minuten erreichten sie den Park in einer kleinen, unscheinbaren Seitenstraße. Bis hierher sind sie noch nicht erkannt worden und Lucas konnte das Stück Natur genießen, das vor ihm lag.

Der Park war wunderschön. Viele Trauerweiden säumten die kleinen Wege und im Gras wuchsen blühende Krokusse und Lilien. Ein Baum hatte direkt seine Aufmerksamkeit auf sich gelenkt, da er kleiner als die anderen Trauerweiden und vollkommen mit kleinen Krokussen umwachsen war. Das Bild war einfach zauberhaft. Er zog Leni mit zu diesem Baum und sie setzten sich darunter. Die Sonne schien magisch durch die dünnen Ästchen der zierlichen Weide und verursachte ein interessantes Schattenspiel. Leni nahm seine Hand und begutachtete sie. Lucas wurde wohlig warm bei ihrer Berührung.

„Du hast schöne Hände." Sagte sie und lächelte ihn liebevoll an. „Lucas, hör mal", begann sie plötzlich ernster ihren nächsten Satz. „Ich muss heute wieder nach Hause. Ich habe hier kein Zimmer mehr und muss dringend die Bilder bearbeiten, die ich von der Kirche gemacht habe." Sie sah ihn traurig an. Lucas überlegte angestrengt. Er wollte sie noch nicht gehen lassen. „Kann ich dich wenigstens nach Hause fahren? Wir könnten, wenn du magst, auch noch etwas zusammen in Köln unternehmen." Zwinkerte er, da er in die Sonne schaute.

Leni hüpfte das Herz. Tausend Gedanken gingen ihr gleichzeitig durch den Kopf. War ihr Zimmer aufgeräumt? Was würde Marla sagen.

„Das fände ich großartig!" Rief sie trotz ihrer Bedenken. Er nahm sie in seine Arme und beide genossen noch für ein paar Minuten die Stille und die warme Sonne auf ihrer Haut. Die Zeit an diesem kleinen idyllischen Ort verging für beide viel zu schnell. Sie saßen immer noch gemeinsam auf einer Bank unter der Trauerweide, als plötzlich und wie aus dem Nichts heraus, zwei Frauen auf sie zukamen. Sie lächelten verschämt. Leni fühlte sich sogleich unwohl und rappelte sich auf. Diese zwei Frauen wagten es, sie in so einer intimen und privaten Situation zu stören. Damit hatte sie nicht gerechnet. Die beiden Frauen traten näher.

„Entschuldigung, aber sind Sie nicht Lucas Sean?" Fragte die Größere der beiden.

Lucas setzte sich auf und lächelte selbstsicher. „Nein, das tut mir leid, aber da müssen sie mich verwechseln. Das passiert mir ständig. Aber danke, dass ich jetzt einen Namen zu meinem Doppelgänger habe." Er lächelte beide Frauen an und lehnte sich wieder zurück.

Die beiden sahen sich an und wirkten weder überzeugt noch gewillt zu gehen.

„Aber die da!" Rief die Kleinere der beiden aus und zeigte mit dem Finger auf Leni. „Die war auf dem Konzert!"

Leni sah die beiden Frauen schockiert an und wusste nicht, was sie darauf erwidern sollte. Lucas kam ihr jedoch zur Rettung.

„Da irren sie sich, denn wir sind erst seit heute in der Stadt und waren weder auf einem Konzert, noch kennen wir einen Herrn Sean."

Röte stieg Leni ins Gesicht. Doch zu ihrer Verblüffung entschuldigten sich die beiden und gingen dann wieder Richtung Straße zurück. Leni war unsagbar erleichtert.

„Du bist ja gerissen", grinste sie Lucas an und lehnte sich wieder an ihn.

Er nahm sie wieder in seine Arme und küsste sie auf die Stirn. „Ich kann sie auch zurückrufen, damit du Bilder von den Beiden und mir machen darfst", lachte er. „Und ehe du es dich versiehst, bin ich bis heute Abend mit Autogrammschreiben beschäftigt. Das ist mir schon mal passiert."

„Nein, bloß nicht!" Sagte Leni schnell. Sie musste wohl sehr erschrocken gewirkt haben, denn Lucas zog sie schnell wieder zu sich heran und umarmte sie fest.

„Ich hätte nur selber nicht daran gedacht, mich so geschickt aus der Affäre zu ziehen." Überlegte Leni laut.

Er ließ nachdenklich den Blick in die Richtung schweifen, in der die beiden Frauen verschwunden waren.

Leni folgte seinem Blick. Am anderen Ende des Parks sah sie die beiden noch stehen und diskutieren.

„Ehrlich gesagt glaube ich nicht, dass sie dir deine Geschichte abgenommen haben." Bemerkte Leni resigniert. Sie fühlte sich an diesem Ort nicht mehr wohl und bat Lucas, dass sie gehen mochten.

„Ich weiß, das nervt und man gewöhnt sich eigentlich nie daran. Jedenfalls nicht wirklich." Beantwortete er ihren Blick.

„Und du bist damit aufgewachsen?" Fragte Leni ungläubig. „Das ist ja beängstigend."

„Auf Youtube kannst du mein gesamtes Leben verfolgen. Ja, das ist beängstigend. Vor allem wenn du plötzlich Videos findest und du nicht einmal wusstest, dass eine Kamera dabei war." Sagte Lucas gleichmütig.

Sie gingen zusammen wieder in Richtung Hotel zurück, doch Leni fühlte sich immer noch beobachtet. Immer wieder drehte sie sich um, doch konnte niemand Auffälligen entdecken. Leni und Lucas hatten mehr Zeit im Park verbracht, als sie vermutet hatten, daher holten sie rasch ihren Koffer aus Lucas Zimmer und machten sich auf den Weg in die Lobby des Hotels. Beim Auschecken wirkte die Dame an der Rezeption todtraurig, dass Leni schon wieder gehen wollte.

„Ich hoffe, dass es ihnen bei uns gefallen hat." Sagte sie betont freundlich.

„Ja, alles war super. Danke sehr." Erwiderte Leni lächelnd.

In Gedanken jedoch war sie bereits bei den bevorstehenden Tagespunkten. Zunächst würden sie sich mit der Band in einem kleinen Pub nahe der Kirche treffen und danach weiter zu Leni's Wohnung fahren.

Leni wollte Marla unbedingt noch eine kurze Nachricht schicken, damit sie nicht zufällig im Bademantel vor ihnen stand, wenn sie nach Hause kamen. Sie musste bei dem Gedanken daran innerlich fast schreien vor Lachen, behielt ihre Gedanken aber für sich, während sie sich auf den Weg mit dem Aufzug hinunter in die Tiefgarage machten. Leni fand Tiefgaragen immer unheimlich, sogar mit einem Mann an ihrer Seite war sie froh, wenn sie endlich im Auto saß und wieder unter freiem Himmel war. Weiter hinten, am Ausgang der Garage, sah sie zwei Gestalten herum lungern, doch bei näherem Hinsehen, erkannte sie, dass es Frauen waren, die sich mit dem Pförtner unterhielten, der den Aus- und Eingang bewachte.

„Lucas, ich glaube, dahinten sind die zwei Fans von eben. Die müssen uns gefolgt sein." Mutmaßte Leni.

„Oh, ja dann schnell ins Auto!" Rief er ihr im Flüsterton zu.

„Ich hasse so etwas." Meckerte er leise vor sich hin.

Leni musste darüber wiederum schmunzeln, doch Lucas packte ernster als zuvor ihren Koffer in seinen Kofferraum und schloss ihn sachte. Noch hatten die beiden Frauen sie nicht gehört oder gesehen. Leni versuchte, so leise wie mög- lich die Beifahrertür zu schließen, nur leider war das in einer Tiefgarage kaum möglich. Wie Leni bereits vermutet hatte, gelang es ihr nicht, besonders still zu sein und die beiden Frauen am Eingang sahen zu ihnen hinüber. Lucas stieg nun schnell auf der Fahrerseite ein und startete den Wagen. Der Motor heulte auf und Lucas manövrierte den Wagen zügig aus der Parklücke. Die Frauen, die an der Pförtnerloge gewartet hatten, gingen zur Seite und starrten regelrecht in den Wagen.

„Ich wünsche Ihnen einen schönen Tag, Herr Sean." Entgeg- nete der Pförtner aus seiner Loge heraus.

Die beiden Frauen begannen zu schreien und drangen an das Auto heran. Lucas sah strikt geradeaus und drückte aufs Gas. Leni wurde in den Sitz gedrückt und blickte wie gelähmt aus dem Fenster.

Lucas sah zu ihr hinüber und bemerkte ihre verängstigte Stimmung. Er nahm ihre Hand und lächelte ihr aufmun- ternd zu.

„Hey, ist alles in Ordnung mit dir?" Fragte er Leni besorgt.

Sie bogen in die nächste Straße ein.

„Ja", stotterte sie. „Ich muss mich da wohl erst dran gewöhnen." Lächelte sie gequält.

„Das wäre schön, wenn du dich daran gewöhnen könntest." Grinste er sie an. „Ich hätte dich gerne öfter bei mir." Lucas wurde warm ums Herz, als er sah, wie die Angst aus ihrem Blick verschwand.

„Ich wäre auch gerne öfter bei dir." Erwiderte sie seine Aussage nun mit einem Leuchten in den Augen.

Sie musste nun ebenfalls grinsen und als sie auf dem Hinterhof des Pubs angekommen waren, war ihre Stimmung wieder ausgelassener. Lucas gingen diese Momente immer nah. Zu oft hatte er erlebt, wie gefährlich fanatische Fans werden konnten. Dies waren nur zwei, doch er hatte schon andere Situationen erlebt, in die er Leni auf keinen Fall hinein bringen wollte. Lucas stieg aus dem Wagen und ging zu Leni auf die Beifahrerseite, um ihr die Tür zu öffnen. Leni schaute verblüfft auf, als sich plötzlich die Tür neben ihr öffnete. Sie hatte verzweifelt ihr Portemonnaie in ihrer Handtasche gesucht und nicht registriert, dass Lucas bereits den Wagen umrundet hatte. Lucas hielt ihr seine Hand entgegen und Leni griff danach. Er zog sie zu sich heran und nahm sie in den Arm. Sie umschlang seinen Hals und er konnte nicht anders als sie zu küssen. Er schloss die Augen und verschwand mit ihr in einer anderen Welt. Nach Atem ringend, lösten sie sich wieder voneinander und Leni blickte ihn voller Zärtlichkeit an. An ihrem Lächeln jedoch, konnte er neben ihrer Zärtlichkeit auch ihre Verlegenheit erkennen. Doch das machte sie in seinen Augen noch begehrenswerter. Ein wenig Schüchternheit gefiel ihm, denn sie gehörte zu ihr.

Zusammen gingen sie in den kleinen Pub. Er war dunkel und bis auf Lion, Pag, Alex, Tom und Christoph, war niemand zu sehen. Im Hintergrund lief leise Jazzmusik und Zigarettenqualm hing in der Luft. Alle standen zur Begrüßung auf und Lucas und Leni wurden herzlich empfangen. Dass Lucas so begrüßt wurde, war Leni klar gewesen, doch dass sie selbst auch so überschwänglich empfangen wurde, überraschte sie. Lion nickte Lucas kurz zu und dieser musste grinsen. Leni konnte sich keinen Reim darauf machen, doch sie fragte auch nicht nach. Sie musste schließlich nicht alles wissen, wie sie fand.

„Na, ihr zwei! Setzt euch. Was wollt ihr trinken?" Begann Christoph.

Lucas bestellte ein „gutes deutsches Bier", wie er es genüsslich nannte. Leni hingegen, blieb diesmal lieber bei einer alkoholfreien Cola.

„So erzählt, was habt ihr heute getrieben?" Wollte Lucas nun wissen.

Lion antwortete. „Alors, zünächste sinde wire auf die Kö etwas zu kaufen gewesen." Radebrechte er in grausamem Deutsch. Alle mussten laut lachen, doch Tom sprach es aus: „Mensch Lion, das ist ja schrecklich. Bleib bitte bei Französisch! Das kann ja keiner verstehen, was du Deutsch nennst." Grinste er ihn breit an.

Lion war sichtlich entrüstet, lehnte sich zurück und sagte nichts mehr. Jedoch zwinkerte er Leni zu, die erleichtert begriff, dass es nur Spaß gewesen war. Leni hatte von Tom zuvor noch nicht viel gehört. Sie empfand ihn als eher ruhigen, nachdenklichen Menschen, doch sie wusste auch, das stille Wasser tief sein konnten und das man den Tag nicht vor dem Abend loben sollte. Sie musste innerlich grinsen, dass ihr gerade jetzt diese Sprichwörter ihrer Oma einfielen. Tom beschrieb den Tag als sehr teuer. Christoph hatte ihn und Lion wohl neu einkleiden wollen und das bei Tom geschafft. Lion hingegen blieb seinem französischen Bretagne-Look treu. Nach einer kurzen Weile kamen ihre Getränke und alle stießen miteinander an.

„Auf ein gutes nächstes Konzert!" Rief Alex.

Das kühle Bier schmeckte Lucas hervorragend.

„Leni, wenn du uns zu einem Konzert besuchen kommst und das nicht in Deutschland sein sollte, musst du unbedingt so eins mitbringen." Er zeigte mit dem Finger auf sein Glas und alle mussten lachen, da er noch Bierschaum an der Oberlippe hatte. Als sie wieder ruhiger wurden, räusperte sich Alex. „Also, Pag und ich müssen euch etwas sagen."

Leni ahnte bereits, was kommen würde.

„Pag und ich sind jetzt offiziell ein Paar." Er sah seine Pag verliebt an, lächelte und sie grinste verschmitzt zurück.

In die Stille hinein, rief Christoph: „Küssen, küssen!"

Und Pag und Alex folgten dem nur all zu gern. Leni freute sich für die beiden, jedoch würde es wohl auch schwer werden, mit seinem Partner so eng zusammen zu leben und zu arbeiten, dachte sie.

„Aber nicht, dass ihr euch bei den Proben ständig an zickt, wenn es bei euch mal klemmt." Neckte Christoph das neue Paar. „Ach, was sage ich da. Pag hat auch schon vorher öfter gezickt." Alle stiegen nun mit ein und stellten Bedingungen an das neue Paar Pag und Alex. Alex solle gefälligst trotzdem noch immer Zeit für Tom haben und Pag und Alex sollten bitte nicht ständig aufeinanderhängen, obwohl sie das jetzt schon immer getan hatten. Nach einer Weile ergriff Lucas Lenis Hand und nickte Lion zu. Leni erschrak.

Lucas musste etwas ausgeheckt haben und Leni rutschte direkt das Herz in die Hose. Lion drehte sich nach hinten und zog einen Geigenkasten hervor.

„So liebe Leni, um aufgenommen zu werden in den Kreis der Musiker", er zwinkerte ihr zu, „musst du etwas auf der Geige spielen."

Alle sahen sie gespannt an und warteten auf ihre Antwort, doch wie sollte sie da noch Nein sagen. Das hatte Lucas sich gut überlegt, dachte sie. Lion hielt die Geige in seinen Händen bereit.

„Na gib schon her." Sagte Leni resigniert an Lion gewandt und knuffte Lucas in die Seite. „Aber wehe, ihr erwartet irgendwas Tolles. Das ist nämlich total gemein von euch." Versuchte sie überzeugend beleidigt zu klingen, doch sie musste grinsen über Lucas Freude, dass sie wirklich etwas spielen wollte. Als Erstes kam ihr die Melodie vom heutigen Morgen in den Sinn. Sie stand auf, legte die Geige auf ihre linke Schulter und platzierte ihr Kinn seitlich auf ihr. Dann ging sie mit den Fingern die Saiten ab, um wieder ein Gefühl dafür zu bekommen. Es war lange her, dass sie eine Geige in der Hand gehalten hatte. Leni griff nach dem Bogen vor ihr und spielte die erste Saite an. Erst schüchtern und leise. Dann sah sie Lucas an, der ihr lächelnd zunickte und sie wusste, dass sie das konnte. Sie hatte jahrelang Violinen Unterricht gehabt und ihr ganzes Wissen darüber schwamm in ihr empor und glitt durch die Finger auf das Instrument. Gefühlvoll, taktvoll und geschmeidig bewegte sie den Bogen über die Saiten. Die Finger griffen geradezu blind an die richtigen Stellen und die Melodie ihres Herzens ertönte.

Lucas musste noch mehr lächeln, als er die Töne vernahm und seine Melodie erkannte. Er war über Lenis Talent mehr und mehr verblüfft und konnte nicht glauben, dass sie nie mehr daraus gemacht hatte. Ihre Art zu spielen nahm ihn sofort gefangen und wie er bemerkte, als er in die Runde blickte, waren auch die anderen gerührt. Die Melodie, die heute Morgen so leise auf seiner Gitarre entstanden war, entpuppte sich in Lenis Händen als ein mitreißender und gefühlvoller Song. Nach wenigen Minuten jedoch hörte Leni auf zu spielen und Lucas sah Tränen in ihren Augen. Er ging zu ihr und nahm sie in den Arm.

„Das war großartig." Flüsterte er ihr ins Ohr.

„Danke." Erwiderte sie nur knapp, da ihr die Stimme fehlte, um weiter zu sprechen.

Als Lucas sie wieder losließ, lächelten sie alle an. Pag hatte ebenfalls Tränen in den Augen.

„Das war so unheimlich schön." Schwärmte sie laut.

Die anderen mussten nun lachen und Pag sah sie erschrocken an. „Oh, habe ich das gerade laut gesagt?" Lächelte sie zurück.

Leni gab Lion die Violine zurück, der ihr zunickte. „Wenn du mal wieder spielen willst, gebe ich dir eine, dann kannst du wieder ein wenig üben." Sagte er auf Französisch zu ihr.

Leni hatte, wie es ihr Blick verriet, nur Geige und Üben verstanden, bis Lucas ihr schnell übersetzt hatte.

„Ah, merci." Gab sie rasch zurück.

Nachdem sie sich alle noch sehr ausgiebig über das gestrige

Konzert unterhalten hatten, verließen sie gemeinsam nach einiger Zeit den Pub und standen zusammen im Hinterhof. Lucas erklärte, dass er Leni noch nach Hause bringen wollte und sie sich dann morgen wieder sehen würden. Leni verabschiedete sich von allen und wünschte ihnen eine erfolgreiche Tour. Mit Pag tauschte sie noch ihre Handynummern aus, da sie in Kontakt bleiben wollten. Lucas fand es bemerkenswert, wie schnell Leni in die Gruppe aufgenommen worden war. Der Rest der Band lief zurück zum Hotel, wo sie sich morgen früh wieder sehen würden.

Lucas und Leni hingegen stiegen in seinen gemieteten Wagen.

Leni schrak zusammen, als sie sich hinein setzte. Sie hatte vergessen, Marla Bescheid zu geben, dass sie gemeinsam mit Lucas nach Hause kam. Marla würde sie umbringen, wenn sie und Lucas ohne Voranmeldung bei ihr in der Wohnung stehen würden.

„Lucas, warte. Ich muss unbedingt Marla anrufen und ihr sagen, dass wir männlichen Besuch bekommen." Grinste sie ihn an und stieg wieder aus.

Nach einem kurzen Klingeln war sie am Telefon. „Hey, na?" Begrüßte Marla sie.

„Hey Marla, du wir kommen jetzt zu uns nach Hause." Gab Leni zu verstehen.

„Wer kommt jetzt her?" Fragte sie verdutzt.

„Ähm, ja Lucas und ich. Er bringt mich nach Hause und bleibt dann bestimmt noch ein wenig da." Erklärte sie Marla und versuchte dabei betont ruhig zu sprechen.

Auf der anderen Seite blieb es still.

„Marla? Ist alles in Ordnung? Wir fahren jetzt in Düsseldorf los."

„Leni, sag mal willst du mich verarschen? Ich habe meinen Schlafanzug an und hier liegt alles rum. Hättest du deine vollkommen irre Nachricht nicht ein wenig eher überbringen können?" Meckerte sie entrüstet.

„Es tut mir leid Marla, aber es kam so viel dazwischen, dass ich es vorher nicht geschafft habe dich anzurufen. Also bis gleich?" Fragte Leni vorsichtig ins Telefon, doch Marla hatte bereits aufgelegt und Leni am Hörer hängen lassen. Belustigt, jedoch mit schlechtem Gewissen, stieg Leni wieder in den Wagen und sah Lucas an.

„Wir sollen uns Zeit lassen." Grinste sie.

„Ok, dann haben wir ja noch Zeit für: …"

Er zog sie so weit zu sich herüber, wie es die Armaturen im Auto zuließen, und küsste sie. Erst auf die Lippen, dann auf die Wangen, auf ihr rechtes Ohr und weiter ihren Hals hinab. Leni erschauderte und ihr Herz sprang ihr beinahe aus der Brust. Sie wollte, dass seine Hände ihren Körper berührten, merkte aber auch, dass Lucas ihnen Zeit lassen wollte. Es fühlte sich so richtig in diesem Moment an und sie kamen nur schwer atmend voneinander los.

10

Lucas fühlte sich so lebendig wie schon sehr lange nicht mehr. Leni fühlte sich unfassbar gut an und er hätte sie am liebsten nie wieder losgelassen. Doch er wollte nichts überstürzen. Die Umstände hingegen machten es ihm nicht einfach, ruhig und gelassen zu bleiben. Spätestens morgen Früh würde er sie verlassen müssen. Wer wusste schon, wann sie sich wieder sahen. Er hoffte, dass sie ihn schnell besuchen kommen würde, doch sie hatte auch ihre Verpflichtungen und musste ihr Leben meistern. Er wollte diesen gemeinsamen Abend mit ihr unbedingt noch genießen. Lucas lenkte den Wagen vom Hof Richtung Autobahn und Leni navigierte ihn aus der Düsseldorfer Innenstadt heraus.

„Sag mal", begann er, als sie auf die Autobahn auffuhren. „Hast du Lust, heute Abend noch etwas mit mir essen zu gehen?"

„Sehr gerne." Antwortete sie beinahe wie aus der Pistole geschossen. „Ich wollte dich das auch schon gefragt haben." Grinste sie breit. „Bei mir in der Straße gibt es ein süßes, kleines Restaurant, das dir gefallen wird." Lächelte sie.

Viel zu schnell bogen sie im südlichen Teil von Köln in Lenis Straße ein. Sie hatte die Fahrt mit ihm sehr genossen. Mit Lucas konnte Leni sich einfach großartig über alles Mögliche unterhalten und sie hatte das Gefühl, dass er sie wirklich verstand. Leni mochte das, was sie von ihm bisher kennengelernt hatte, immer mehr. Direkt vor ihrer Haustür fanden sie einen Parkplatz, was normalerweise unmöglich zu dieser Tageszeit war. Nachdem sie ausgestiegen waren, schloss Leni die Haustür auf und sie stiegen gemeinsam die drei Etagen bis zu ihrer Wohnung empor. Lucas hatte ihren Koffer in der Hand, doch er betonte, dass ihm das nichts ausmachen würde. Leni war ein wenig nervös aber wie mochte es erst Marla gehen? Wahrscheinlich lag sie schon mit einem Herzinfarkt im Flur hinter der Wohnungstür. Zur Vorsicht klingelte sie kurz, bevor sie aufschloss.

„Juhu, ich bin zuhause!" Rief Leni in den zum Glück Marla-freien Flur hinein.

Lucas kam hinter ihr in die Wohnung herein und stellte den Koffer neben die Eingangstür in den Flur. Genauso hatte er sich Lenis Wohnung vorgestellt. Gemütlich, sauber und zusammengewürfelt. Er mochte sie auf Anhieb. Marlas Zimmertür öffnete sich und sie trat in den Flur.

„Hi, na wie geht es euch?" Begrüßte sie Leni und Lucas etwas unbeholfen.

Leni musste grinsen. „Marla, darf ich dir Lucas vorstellen? Lucas, das ist meine liebste Marla."

Marla sah sie dankend an und gab ihm die Hand.

„Es freut mich sehr dich kennenzulernen. Ich habe fast nur Gutes über dich gehört." Lockerte Lucas die Stimmung mit einem Augenzwinkern auf. „Du scheinst die perfekte Mitbewohnerin und Freundin zu sein."

Marla lachte: „Na ja, bis auf meine Kochkünste, vielleicht. Sie ist aber auch nicht von schlechten Eltern." Lachte Marla und legte einen Arm um Leni.

„Komm, ich zeig dir eben mein Zimmer. Dann kannst du, wenn du so lieb bist, meinen Koffer mitnehmen und da hinein stellen?" Zwinkerte sie ihm zu. Lucas folgte ihr nur all zu gern, denn er war schon sehr gespannt auf ihr Zimmer. Sie ließen Marla grinsend im Flur zurück und gingen durch eine Tür auf der anderen Seite der Wohnung. Ein kleines Paradies eröffnete sich ihm. Dieses Zimmer strahlte Ruhe und Geborgenheit aus. Die Möbel passten trotz der fehlenden Zusammengehörigkeit perfekt zusammen.

„Ist alles in Ordnung?" Fragte Leni ihn, als sie ihn im Türrahmen stehen sah.

„Das ist ein wunderschönes Zimmer." Sagte er begeistert.

„Danke sehr" stotterte Leni. Damit hatte sie nicht gerechnet.

„Komm schon rein." Zog sie ihn an einer Hand ins Zimmer und lachte.

„Ich möchte mich hier einschließen und nicht mehr heraus kommen." Witzelte Lucas und Leben kehrte wieder in seine Mimik zurück.

„Du tust gerade so, als hättest du nie ein eigenes Zimmer gehabt."

Er neigte seinen Kopf schräg und sah sie fast traurig an.

„Nein, ein richtiges zu Hause, welches mir gehört und wofür ich bezahle, habe ich tatsächlich nicht. Die letzten Jahre habe ich bei meinen Schwestern oder in Hotels gelebt." Erzählte er. „Aber das gehört auch ein wenig zu meinem Leben. Ich bin so groß geworden, weißt du." Ergänzte er, um den Grund für seine Situation zu erklären.

Er tat Leni ein wenig leid. Sie war selbst schon viel umher gezogen, doch immer hatte sie irgendwo ein Bett ihr Eigen nennen können. Lucas wollte jedoch nicht zu viel Zeit mit

Geschichten aus seiner Jugend vertun. Er kam auf Leni zu und nahm sie in seine Arme.

„Guck nicht so mitleidig, bitte." Flüsterte er ihr ins Ohr. „Ich liebe mein Leben, nur könnte es langsam etwas bodenständiger werden", lächelte er sie an.

Leni sah ihm in die Augen und küsste ihn. „Genug jetzt aber davon", platzte sie hervor. „Lass uns etwas essen gehen und den Abend noch genießen. Wollen wir Marla mitnehmen?" Strahlte sie ihn an.

„Von mir aus sehr gerne, wenn sie mag."

Leni ließ ihn los und zwickte ihm noch in die Seite.

„Hey, wofür war das denn?" Wollte er wissen, doch Leni war schon aus dem Zimmer und er blieb allein zurück. Neugierig wand er sich um. Leni hatte wirklich Geschmack, wie er fand. Alles passte auf seine ganz eigene Art zusammen. Ihre Liebe zum Detail viel ihm auch hier wieder auf. Wenn man genau hinsah, machten gerade die kleinen und persönlichen Dinge dieses Zimmer so ausgewogen und gemütlich. Es war nichts Kitschiges dabei. Fotos an den Wänden in schlichten und einfarbigen Rahmen, Blumen am Fenster und Kissen auf einem Sessel waren einfach und klassisch zusammen gestellt. Aber die Fotos zeigten Geschichten, die Kissenbezüge waren ausgefallen und die Blumen brachten den Sommer ins Zimmer. Lucas sah aus dem Fenster und ging auf den kleinen Balkon hinaus, der in den Innenhof zeigte. Er setzte sich auf einen der beiden Stühle und genoss den Anblick des Abendhimmels.

Leni klopfte zaghaft an Marlas Zimmertür.

„Komm ruhig rein!" Rief sie von innen. Leni öffnete die

Tür und fand eine grinsende Marla an ihrem Schreibtisch sitzend.

„Grins nicht so", wies Leni sie scherzhaft zurecht.

„Möchtest du mit uns im „La Patata" was essen gehen?" Fragte sie Marla.

Marla musterte Leni. „Ich habe dich lang nicht mehr so sonnig erlebt." Erwiderte diese. „Ähm, ja ich hätte auch Hunger, aber ich möchte euch nicht stören. Genießt euren Abend mal lieber alleine." Druckste Marla herum.

„Du bist nervös und willst deshalb nicht mit, stimmt's?" Kombinierte Leni.

Marla grinste verlegen. „Mach mal die Tür hinter dir zu, bitte." Flüsterte sie.

Als Leni die Tür geschlossen hatte, sprach sie weiter im Flüsterton: „Ganz ehrlich, ich war immer ein riesen Fan von ihm und muss mich echt zusammenreißen, ihn nicht nach einem Autogramm oder so zu fragen. Wenn ich jetzt noch mit euch essen gehe, weiß ich nicht, ob ich mich beherrschen kann." Marla wurde leicht rot und sah auf den Boden. „Worüber soll ich mich denn mit ihm unterhalten? Ich säße nur als Anstandsdame daneben." Murrte sie vor sich hin.

„Ach, papperlapapp." Konterte Leni. „Wenn du nicht mehr magst, gehst du wieder hoch und lässt uns allein. Dann musst du eben lernen oder so." Schlug Leni vor.

Marla wirkte nun schon etwas ermutigter. „Hmm, ok. Dann komm ich mit. Aber du musst mich retten, falls ich Blödsinn rede", gab sie als Bedingung zurück.

Leni holte Lucas von ihrem Balkon, der sich inzwischen sichtlich wohlfühlte. Er hatte die Augen geschlossen und ruhte auf dem Stuhl. Die Beine hatte er auf das Geländer gelegt und Leni beobachtete ihn, bis er die Augen aufschlug und sie anlächelte.

„Und, zu wievielt ziehen wir los?" Fragte er unverblümt.

„Zu dritt." Grinste sie ihn an. „Aber es kann sein, dass Marla früher wieder hochgeht, da sie noch lernen muss." Erklärte sie schon im Voraus.

Zu dritt verließen sie die Wohnung und gingen in das zwei Häuser entfernte „La Patata". Leni und Marla kannten die Besitzer, da sie schon öfter hier gegessen und auch gearbeitet hatten, wenn das Geld mal wieder knapp war. Heute war nur die Besitzerin zu sehen und sie begrüßte Leni und Marla herzlich. Zu ihrer Verwunderung wurde Lucas mehr als nur herzlich von der charmanten und uralten Mademoiselle Rodriguez begrüßt. Sie fielen sich in die Arme und unterhielten sich angeregt auf Spanisch. Mademoiselle Rodriguez hielt Lucas immer wieder auf Abstand und musterte ihn von oben bis unten, dann drückte sie ihn wieder an sich. Leni und Marla waren sprachlos und wunderten sich über ihr Verhalten.

„Leni", zog Lucas sie zu sich heran, „Evelin und ich kennen uns aus Aranjuez, meinem Geburtsort in Spanien." Erklärte er ihr fröhlich. „Die Welt ist so klein. Ich wusste nicht, dass sie inzwischen in Deutschland lebt." Lachte er.

„Setzt euch, Kinder", beorderte Mademoiselle Rodriguez oder auch Evelin genannt, die kleine Gruppe an einen leeren Tisch im hinteren Teil des kleinen Restaurants.

„Ich freue mich so sehr, euch alle hier zu haben, dass ihr es euch nicht vorstellen könnt. Dieser Abend geht für euch auf`s Haus. Für meinen aller liebsten Lucas und meine Lieblingskellnerinnen." Sie strahlte bis über beide Ohren und drückte alle nacheinander an sich. Die restlichen Gäste, es waren noch zwei weitere Tische besetzt, schauten ihnen interessiert zu. Einige machten keinen Hehl daraus und zeigten mit dem Finger auf Lucas. Doch heute konnte Lucas das nicht mehr stören. Evelin hatte direkt neben seinem Elternhaus gelebt und er hatte immer mit ihren Kindern gespielt. Leider kam er nicht mehr auf die Namen der beiden Jungen. Lucas ließ den Blick in dem gemütlichen Restaurant umher wandern. Überall fand er kleine Details aus Evelins Leben in Spanien. Bilder der Stadt, wo sie lange gelebt hatte und er selbst geboren wurde.

„Evelin, wo sind denn Miguel und Rees, deine Jungs? Musst du heut den Laden etwa alleine schmeißen?" Rief Marla der hinter der Theke verschwindenden Evelin hinterher und riss Lucas aus seinen Gedanken.

Diese winkte ab und meckerte nur „Si, si!"

„Ich werde ihr mal kurz zur Hand gehen." Sagte Marla und eilte Evelin hinterher in die Küche.

Lucas und Leni mussten über die Situation lachen.

„So viele Zufälle kann es doch einfach nicht geben." Überlegte Leni laut. „Wie viele Jahre habt ihr beide euch denn jetzt nicht mehr gesehen?" Fragte sie Lucas neugierig und immer noch verwundert über diese Situation. Lucas war ebenfalls perplex und brauchte einen Moment, um Lenis Frage zu begreifen.

„Ich glaube, dass wir uns, warte ...", er rechnete im Kopf die Jahre zusammen, „so ungefähr vor 20 Jahren das letzte Mal gesehen haben. Es wundert mich, dass sie mich so schnell wieder erkannt hat. Ich war damals gerade mal 10 Jahre alt gewesen." Schwelgte er in Erinnerungen.

Lenis Neugierde war nun geweckt und sie wollte am liebsten alles wissen. Nach zu kurzer Zeit jedoch, erschienen Marla und Evelin mit Tabletts voller Getränken und den leckersten Speisen wieder am Tisch und Leni hakte erst einmal nicht weiter nach. Marla lächelte beide an und verteilte die Getränke. Es gab Wein, einen schweren Roten, und Wasser. Leni mischte sich ein Glas Wein mit Wasser, damit er nicht zu stark war. Lucas hatte sie dabei beobachtet und machte es ihr nach.

„Und das soll schmecken?" Fragte er sie ungläubig. „Meine Mutter würde sich im Grabe umdrehen, wenn sie das sähe." Scherzte er.

Alle mussten lachen und Lucas kleckerte prompt etwas von dem Rotwein auf das helle Tischtuch. Evelin sah ihn streng an, musste dann aber über Lucas erschrockenes Gesicht lachen. Nach etwa zwanzig Minuten waren alle anderen Gäste verschwunden und Evelin schloss die Ladentür von innen ab. Die Ängste, die Marla zuvor gehabt hatte, waren vollkommen unbegründet gewesen. Sie unterhielt sich einfach großartig mit Lucas und beichtete ihm sogar, dass sie seine Musik auch gerne hörte und als Teenie ein riesen Fan von ihm gewesen war. Dies war der einzige kritische Moment gewesen und Leni hatte die Luft eingezogen, um auf Lucas Reaktion zu warten. Doch er hatte nur gegrinst und sie dazu eingeladen, ihn auf einem seiner nächsten Konzerte besuchen zu kommen. Sie solle gerne einmal mitkommen, wenn Leni ihn hoffentlich bald besuchen käme. Leni musste grinsen und lief leicht rot an. Marla hingegen war ganz aus dem Häuschen.

Lucas fühlte sich unheimlich wohl mit Leni, Marla und Evelin. Es hatte etwas Heimisches, wie er fand. Selbst der Geruch in dem kleinen Restaurant erinnerte ihn an seine Heimat. Evelin hatte viel zugehört und selbst viel aus der Vergangenheit erzählt. Wobei manche Geschichten ziemlich peinlich für Lucas waren. So erzählte sie Marla und Leni auch die Geschichte, als er einmal auf einen Haufen Kuhmist gestiegen und danach quer durch Evelins Haus gerannt war, um Evelins Sohn Miguel zu fangen. Lucas hatte somit in wenigen Minuten das ganze Haus ruiniert. Marla und Leni mussten so sehr lachen, dass Leni sich verschluckte. Lucas nahm sie ebenfalls lachend in den Arm und klopfte ihr leicht auf den Rücken. Es war schon weit nach Mitternacht, als Evelin plötzlich aufstand und in den hinteren Bereich des Restaurants ging. Marla, Leni und Lucas sahen sich fragend an, konnten aber nicht anders als immer weiter zu lachen und zu prusten. Alle drei hatten viel mehr von dem süffigen Wein getrunken, als sie es eigentlich vorgehabt hatten. Leni gab sich alle Mühe, nicht zu lallen. Mit einem Lächeln auf den Lippen und einer Gitarre unter dem Arm kam Evelin wieder in den Gastraum zurück. Marla klatschte in die Hände. Lucas hingegen rollte mit den Augen, grinste aber dabei.

„Evelin, ich glaube nicht, dass ich noch in der Lage bin zu spielen. Das letzte Glas Wein war einfach zu viel." Scherzte er. Doch Evelin ließ sich nicht so leicht davon abbringen und drückte Lucas die uralte Gitarre in die Hand. Lucas musterte die Gitarre misstrauisch, doch Evelin versicherte ihm, dass sie nur ganz leicht verstimmt war. Wie Lucas bereits beim ersten Anblick der Gitarre klar gewesen war, war sie jedoch mehr als nur ein wenig verstimmt und er hatte tatsächlich etliche Mühen sie wieder gerade gestimmt zu bekommen. Dann, nach einer kleinen Ewigkeit, stimmte er ein spanisches Lied an und Evelins Augen leuchteten vor Freude. Beide begannen zu singen und Marla und Leni hörten begeistert zu. Evelins raue Stimme war ein toller Kontrast zu Lucas klarer Stimme, überlegte Leni.

Wenn es nach ihr gegangen wäre, hätten sie zusammen die ganze Nacht über weiter singen und spielen können.

Leni wollte nicht, dass der Abend zu Ende ging. Es war allerdings schon sehr spät und Lucas musste Morgen wenigstens einigermaßen fit sein, grübelte sie. In Gedanken versunken hatte sie nicht bemerkt, dass Lucas inzwischen einen anderen Song begonnen hatte zu spielen. Erst als er die Melodie zu summte, sah sie auf und bemerkte, dass er sie unbändig vor Verliebtheit anstrahlte. Gebannt von seinem Blick vergaß sie die Sorgen und die Gedanken an einen Morgen ohne ihn. Sie stieg in den ihr bekannten Refrain mit ein und sie summten gemeinsam, ohne den Blick voneinander zu nehmen, ihren gemeinsamen Song. Gegen drei Uhr in der Früh setzte Evelin sie alle auf die Straße. Sie war zur späteren Stunde immer wieder eingenickt und alle hatten verstanden, dass es Zeit war, den Abend zu beenden. Draußen war es immer noch angenehm warm und eine milde Brise wehte durch die kleine Straße. Es war überall ruhig und nur die vier waren noch zu hören. Es war zwar eine müde, aber sehr herzliche Verabschiedung. Evelin hatte Lucas noch das Versprechen abgenommen, dass er sie wieder besuchen kommen würde und ihm anschließend ins Ohr geflüstert, dass er Leni nicht mehr loslassen solle. Er musste grinsen und nahm dann Leni in seinen rechten Arm und hakte Marla unter seinem Linken ein. Zu dritt machten sie sich auf den kurzen Weg zur WG hinüber. Evelin winkte ihnen noch, in ihrer Ladentür stehend, hinterher.

„Was für eine gute Seele." Überlegte Leni laut. Lucas und Marla stimmten ihr zu.

„Obwohl ich mich doch etwas wie eine Jukebox gefühlt habe." Lachte Lucas. Marla und Leni mussten mitlachen, denn Evelin hatte sich tatsächlich immer wieder neue spanische Lieder von ihm gewünscht.

Der Aufstieg in den dritten Stock erwies sich als beschwerlich. Sie hatten einfach zu viel gegessen und getrunken, als dass sie in einem Stück den Aufstieg hätten schaffen können. Daher hielten sie in jeder Etage kurz an und lachten immer wieder über Witze vom Abend. Nach einer gefühlten Ewigkeit erreichten sie die Haustür unter dem Dach und stolperten geradezu in die Wohnung hinein. Marla verschwand mit einem knappen „Ciao!", direkt in ihrem Zimmer, meckerte jedoch noch zuvor, dass sie schon in drei Stunden wieder aufstehen musste.

„Sag mal Lucas", Leni wurde plötzlich schwer ums Herz. „Wann musst du denn morgen eigentlich weg?" Sie sah betreten auf den Dielenboden. Gemeinsam gingen sie langsam in ihr Zimmer.

„Hmm", überlegte Lucas laut. „Ich muss um elf wieder im Hotel sein." Auch er wirkte nun traurig. Die kommenden Tage, ohne Leni zu verbringen, konnte er sich nur sehr schwer vorstellen. „Ich denke, dass ich spätestens um halb elf hier losfahren muss." Beendete er seinen Satz.

Leni sah ihn an und konnte nicht anders, als ihn jetzt schon zu vermissen. Die letzten Stunden mit ihm waren fast zu schön gewesen, um wahr zu sein. Doch morgen würde diese Traumblase zerplatzen und sie alleine zurücklassen. Leni sah Lucas gedankenverloren an und ohne jegliche Vorwarnung zog Lucas sein Shirt aus, kam auf Leni zu, und lächelte sie beinahe traurig an.

„Trotz allem sollten wir jetzt schlafen gehen." Sagte Lucas rechtfertigend, als er Lenis verdutzen Blick sah, doch sie entschuldigte sich verlegen ins Bad.

Sie hatte sich schon vorher gedacht, dass er ziemlich gut gebaut sein musste, doch sein Anblick hatte ihre Erwartungen um einiges übertroffen. Leni musste über ihre eigenen Gedanken grinsen. Schnell zog sie sich ihren Schlafanzug an und schämte sich gleichzeitig, dass sie nichts Besseres zum Schlafen in ihrem Schrank hatte. Doch nun konnte sie nichts mehr daran ändern und musste da durch, dachte sie resigniert. Zurück in ihrem Zimmer kuschelte sie sich zu Lucas ins warme Bett, der bereits auf sie wartete. Leni war mit einem Schlag stocknüchtern. Sie war nervös, denn soweit hatte sie nicht gedacht. Sie bemerkte, wie Lucas ihr leicht über den Arm streichelte und ihre Schulter sanft küsste. Leni genoss es sehr, doch wollte sie nichts überstürzen, dafür mochte sie ihn einfach zu sehr. Langsam drehte sie ihm ihr Gesicht zu.

„Lucas, ich glaube, ich möchte heute noch nicht viel weiter gehen." Sprach sie ins Dunkle hinein. Leni war froh, dass es dunkel war und er ihr errötendes Gesicht nicht sehen konnte.

„Das möchte ich auch nicht." Lächelte er sie an. „Also was

sag ich da, natürlich würde ich schon gerne weiter gehen, aber ich glaube wir denken da beide gleich."Leni musste lachen und legte ihren Kopf auf seine Brust.

Lucas war erleichtert, dass Leni nicht direkt mit ihm schlafen wollte. Er wollte ihr nah sein, doch wollte er auch, dass ihre Beziehung etwas Besonderes wurde. Frauen für eine Nacht gab es für ihn einfach zu viele.

„Ich danke dir, dass ich dich kennenlernen darf." Hauchte er in ihren Nacken. Leni erschauderte und ihr Entschluss, noch zu warten, geriet ins Wanken. Er nahm sie in seine Arme und küsste sie auf den Mund.

Langsam, gefühlvoll und fordernd. Lenis Herz raste.

Dann löste er sich und rückte ein Stück von ihr weg.

„Du bist gemein." Lachte Leni. „Wie soll ich denn jetzt einschlafen?" Meckerte sie belustigt.

Lucas musste lachen. „Mir geht es auch nicht viel besser. Du bringst meine Entschlossenheit echt ins Wanken." Neckte er sie. Leni küsste Lucas noch einmal und kuschelte sich dann an ihn, um schließlich doch in einen traumvollen und tiefen Schlaf zu fallen. Lucas konnte nicht so schnell einschlafen und beobachtete Leni noch ein wenig, wie sie neben ihm lag und tief atmete. Langsam hatten sich seine Augen an die Dunkelheit gewöhnt und er konnte bereits Details, wie ihre Augenlider und die Umrisse ihrer Nase erkennen. Er war in diesem Moment so vollkommen glücklich, dass er hätte platzen können. Leni sah so friedlich aus und er freute sich auf mehr Zeit mit ihr. Sie musste ihn einfach auf der Tour besuchen kommen, dachte er. Vielleicht sogar in Irland oder Spanien. Dann könnte er ihr alles zeigen und sie seinen Geschwistern vorstellen. Eine tiefe Vorfreude durchzog seine Magengegend. Er konnte es förmlich vor sich sehen und in Gedanken an die Zukunft, schlief er endlich ein.

11

Der nächste Morgen kam viel zu plötzlich. Lucas Handy-Wecker klingelte und riss ihn aus dem Schlaf. Er war allein, wie ihm sofort auffiel. Erschrocken tastete er neben sich, um ganz sicher zu sein, doch Lenis Bettseite war leer. Schnell schlug er die Decke zurück und rollte sich aus dem Bett. Ihm taten seine Knochen weh und er hatte leichte Kopfschmerzen. Die nächsten Tage musste er unbedingt ruhiger verbringen, dachte er, während er in seine Jeans schlüpfte. Plötzlich schlug Lenis Zimmertür auf und sie stand in der Tür. Sie strahlte ihn an und kam in seine offenen Arme.

„Guten Morgen, Schönheit." Begrüßte er sie.

Leni lächelte ihn an. „Hast du gut geschlafen? Ich habe uns Frühstück gemacht."

Lucas war beeindruckt. Damit hatte er nicht gerechnet.

„Uh, das ist aber lieb. Vorher müsste ich jedoch noch schnell ins Bad." Sagte er und küsste sie auf die Wange. Leni lachte und verschwand wieder aus dem Zimmer.

„Ich warte in der Küche auf dich!" Rief sie noch im Hinausgehen. Lucas schnappte sich seine Zahnbürste und verzog sich ins Bad. Leni hatte ihm ein Handtuch hingelegt und einen Zettel dazu geschrieben:

Benutze alles und so viel du willst. Ach ja, die Dusche ist etwas speziell. Erst ganz heiß aufdrehen und dann langsam kaltes Wasser dazu nehmen.

Sie hat, im Gegensatz zu Christoph, wenigstens eine ordentliche Handschrift, dachte Lucas grinsend. Aufgemuntert von diesem Zettelchen, stieg er doch noch unter die Dusche und genoss die Tücken des Altbaus. Leni hatte indes den Küchentisch gedeckt und Brötchen geholt. Marla war nicht mehr zuhause und hatte nur auf einem Zettel eine Nachricht hinterlassen:

Kopfschmerzen!!! Ich hoffe, ihr hattet Spaß heute Nacht ;-) Musst mir alles erzählen, Küsse Marla!

Leni hatte den Zettel, nach dem sie ihn mehrmals durchgelesen hatte, direkt verschwinden lassen. Was Marla immer dachte, überlegte sie laut lachend, doch das mit den Kopfschmerzen konnte sie nachvollziehen. Sie selbst hatte, als sie unerwartet früh wach geworden war, arge Kopfschmerzen gehabt und bereits eine Tablette genommen. Lucas hatte sie auch eine Tablette auf seinen Frühstücksteller gelegt. Als der Kaffee gerade durchgelaufen war, kam er frisch geduscht und nach Rosenduschgel duftend, in die Küche.

„Das riecht ja großartig hier." Verkündete er beim Betreten der Küche.

„Also du riechst aber auch interessant für einen Mann." Musste Leni grinsen. Lucas hob seinen Arm und roch an ihm, und musste ebenfalls lachen.

„Ja, etwas sehr blumig. Aber das unterstreicht meine feminine Seite." Zwinkerte er.

„Setzt dich ruhig," bot Leni ihm an. „Kaffee kommt sofort."

„Mensch Leni, du bist der Wahnsinn. Das ist ja besser als in jedem 5 Sterne-Hotel." Lobte er sie für das gelungene

Frühstück. Sie setzten sich an den Tisch und genossen die letzte halbe Stunde Zweisamkeit. Leni gingen so viele Gedanken durch den Kopf, dass sie sich kaum auf das Essen konzentrieren konnte.

„Ich habe mal vorhin auf meine Fototermin-Liste geschaut und wenn du magst, könnte ich dich in Potsdam besuchen kommen."

Lucas Augen weiteten sich vor Freude. „Wirklich?" Fragte er ungläubig. „Dann habe ich einen Grund, mich zu freuen und du schläfst mit bei mir im Hotel? Weißt du schon, wie du dahin kommst?" Plante er laut vor sich hin.

Leni musste über seine offensichtliche Freude lachen.

„Hmm, entweder mit dem Auto oder ich fliege. Mal sehen, was die Agentur für mich vorgesehen hat. Aber ich gehe davon aus, dass ich fliegen werde." „Leni, du kannst dir nicht vorstellen, wie sehr ich hoffe, dass wir uns in Potsdam wieder sehen." Bemerkte er und sah ihr dabei fest in die Augen. Leni stieg Wärme in den Kopf und sie merkte, wie sie schon wieder begann, rot anzulaufen.

„Ich habe dir übrigens meine Nummer aufgeschrieben." Um ihre Verlegenheit zu überspielen, reichte sie ihm einen kleinen Zettel mit ihrem Namen und ihrer Handynummer darauf.

Lucas grinste. „Oh je, stell dir vor wir hätten das vergessen." Ihm wurde schon bei dem Gedanken daran übel. Schnell zog er sein Handy aus der Hosentasche und speicherte Lenis Nummer darin ein. „Möchtest du meine Nummer auch haben?" Grinste er.

Leni zwinkerte ihm zu. „Na wenn es denn sein muss." Scherzte sie. Auch sie speicherte sich seine Nummer in ihrem Telefon ab. Glücklich sah sie auf ihr Display.

„Rufst du mich zuerst an?" Fragte sie Lucas unbeholfen.

Er musste lachen. „Wenn du magst, rufe ich dich immer an. Aber du kannst mich auch jederzeit anrufen. Wenn ich aber in einem Interview bin oder auf der Bühne spiele, kann ich leider nicht ran gehen." Entschuldigte er sich schon im Voraus.

Die Zeit an diesem Morgen verging für Lucas und Leni viel zu schnell. Kaum hatten sie aufgegessen, schaute Lucas schon nervös auf die Uhr an der Küchenwand. Er wirkte in diesem Moment, des unausweichlichen Abschieds, viel älter als normalerweise, dachte Leni. Er stand auf und zog Leni zu sich heran. Sie wollte seine Arme nie mehr verlassen, doch hier in der Küche würde sie gleich allein zurückbleiben. Eine Träne rollte ihr unwillkürlich übers Gesicht und sie wischte sie schnell weg. Lucas hielt Leni ein wenig auf Abstand, um in ihr Gesicht sehen zu können.

„Bitte weine nicht." Versuchte er sie zu trösten. „Wir sehen uns bald wieder und vorher telefonieren wir ganz oft." Er versuchte, es so fröhlich wie nur möglich zu sagen, doch auch ihm steckte ein Kloß im Hals.

Lenis Tränen waren nicht mehr aufzuhalten, als sie seine ebenfalls traurige Stimmung wahrnahm.

„Komm doch einfach mit." Versuchte er sie zu locken, doch Leni schüttelte den Kopf.

„Das geht doch nicht. Aber du könntest einfach hierbleiben und alles absagen." Scherzte sie.

Sie wusste, dass es unmöglich war, ihn für sich allein zu haben, doch die Vorstellung daran war zu schön. Lucas drückte Leni noch einmal an sich und küsste sie auf die tränennassen Lippen. Er schmeckte das Salz ihrer Tränen und versuchte sie sich so lange wie möglich, als Erinnerung an sie, auf den Lippen zu behalten. Mit der rechten Hand griff er in seine Hosentasche und zog eine kleine silberne Kette hervor, an welcher ein kleiner Anhänger baumelte. Er legte sie Leni in die Hand und drückte ihre Finger mit seiner Hand zu.

„Das soll dich an mich erinnern. Das ist ein kleiner Talisman aus Dijon in Frankreich. Er soll die Pilger beschützen." Erklärte er ihr. „Nun soll er dich wieder zu mir bringen und dich bei deinen Reisen beschützen."

Leni war verblüfft. „Das ist das Liebste, das mir je jemand geschenkt hat." Brachte sie nur leise hervor.

Dann schlang sie die Arme um ihn und küsste ihn leidenschaftlich. Tränen liefen ihr übers Gesicht und benetzten auch Lucas Gesicht. Als sie sich von ihm gelöst hatte, nahm sie ihn bei der Hand und geleitete ihn zur Wohnungstür.

„Wir telefonieren, ja?" Stotterte sie unbeholfen.

„Ja Leni, jeden Tag." Er lächelte. „Vergiss unser Lied nicht." Knuffte sie ihn in die Seite.

„Natürlich nicht. Ich werde sicher noch ein wenig daran weiter arbeiten." Gerade als er auf dem Absatz kehrtmachen wollte, drehte er sich noch einmal um und küsste Leni liebevoll auf die Stirn. Doch dann wandte er sich ab und stieg die Treppe hinab. Leni blieb allein zurück.

Triste Leere durchflutete Lenis Gedanken bei allem, was sie tat. Der Tag wollte einfach nicht vorüber gehen. Leni hatte bereits alles erledigt, was sie sich vorgenommen hatte und trotzdem war es gerade erst früher Nachmittag. Sie hatte alle Bilder bearbeitet und an die Agentur geschickt. Sie hatte sogar die wenigen Fotos von ihr und Lucas auf ihrem Laptop abgelegt und sortiert. Eine Zeit lang hatte sie wie gebannt auf den Bildschirm gestarrt und sich die Bilder von ihm nahezu ins Gehirn gebrannt, doch nach einiger Zeit wurde ihr auch das langweilig und sie musste sich bewegen. Zwar war es nicht besonders unordentlich oder dreckig in ihrer WG aber sie putzte trotzdem alles bis in die kleinste Ecke sauber. Leni versuchte unermüdlich die Zeit, bis zu ihrem ersten Telefonat mit Lucas totzuschlagen. Sie blickte, schweißgebadet vom Putzen, auf die Uhr im Flur und erkannte, dass es gerade einmal vier Uhr war und Lucas noch im Interview sein musste. Ein Ruck ging durch Lenis Magen. Sie sollte das Radio einschalten, fiel ihr gerade noch rechtzeitig ein. Schnell ließ sie den Besen fallen und stolperte in die Küche. Sie schaltete das Radio ein und hoffte, seine Stimme zu hören, doch es lief nur Musik, die sie im ersten Moment nicht erkannte. Leni setzte sich an den Tisch, an dem sie vor wenigen Stunden noch so herzlich mit Lucas gelacht hatte. Das Gitarrensolo im Radio ging zu Ende und eine Stimme erweiterte das Ensemble aus Gitarre und Schlagzeug. Leni schrak auf. Das war doch er im Radio. Sie erkannte seine Stimme sofort. Nur wirkte sie unechter, weiter weg. Leise tippte Leni auf dem Tisch den Takt mit. Sie mochte das Lied auf Anhieb. Sie musste über sich selber lachen, denn natürlich mochte sie es. Sie mochte so ziemlich alles, was mit ihm zu tun hatte, dachte sie. Nach wenigen Minuten war das Lied zu Ende und der Moderator ertönte im Radio.

„So ihr Lieben da draußen!" Schrie er beinahe und Leni

konnte die Aufregung in seiner Stimme hören. „Da ist er nun. Ich weiß, ihr habt lange gewartet, doch heute live aus Köln, hier bei mir im Studio, Lucas Sean!"

Es entstand eine kurze Pause, bevor Lucas etwas sagte. Ein etwas schüchternes „Hi" kam aus den Lautsprechern. Dann sprach der Moderator weiter.

„So Lucas, was verschlägt dich denn nach Köln?" Fragte er.

„Ja, das ist eine gute Frage", lächelte Lucas ins Mikrofon. „Ich bin zurzeit auf einer kleinen Europatour und dachte, dass ich mal vorbei schauen könnte. Das habe ich dir ja beim letzten Besuch versprochen." Lachte er.

„Ja genau, das hattest du mir und unseren Hörern versprochen. Doch das ist ja nun schon fünf Jahre her, was hast du in den letzten Jahren getrieben?" Wollte der Moderator von ihm wissen.

„Weißt du, so dies und das. Ich habe viel geschrieben und an einem neuen Album gearbeitet." Antwortete Lucas knapp.

„Das heißt, dass auf der Tour auch neue Songs gespielt werden?" War die nächste Frage des Moderators.

„Es ist eine Mischung aus bekannten und neuen Songs. Das Album zur Tour wird im August erscheinen." Antwortete Lucas professionell.

Der Moderator verfolgte nun weiter seinen Fragenkatalog: „Lucas, natürlich haben deine Fans dich nicht verlassen, wie man draußen vor dem Studio sehen kann, wie gehst du damit um?"

Lucas lachte. „Ich freue mich natürlich, überhaupt noch Fans zu haben. Ohne sie wäre ich arbeitslos. Aber ich glaube auch, dass meine Fans reifer geworden und mitgewachsen sind." Überlegte er ins Mikro.

„Lucas, wir haben hier ein paar Fan-Fragen, die beantwortet werden wollen. Du kennst das Minutenfragen?"

„Nein, das muss neu sein. Das gab es beim letzten Mal noch nicht." Lachte Lucas ins Mikrofon.

Leni fand, dass er sehr sympathisch wirkte. Sie musste wieder über sich selbst lächeln.

„Ok, das ist ganz einfach. Wir haben die am häufigsten gestellten Fragen zusammengesucht und du musst nur knapp antworten damit wir in einer Minute so viele Fragen wie möglich beantwortet kriegen." Erklärte der Moderator.

„Uh, na mal sehen wie viele wir schaffen." Witzelte Lucas.

„Gut, dann kann es losgehen." Bemerkte der Moderator.

„Erste Frage: Gibt es wieder Meet-and-Greet-Karten zu gewinnen?"

„Ja, für Potsdam und Hamburg." Fasste Lucas sich kurz.

„Hast du zurzeit eine Freundin?"

Lucas schoss die Antwort dazu wie aus der Pistole. „Nein." Antwortete er knapp.

„Willst du eine eigene Familie gründen?" War die anschließende Frage.

Leni hielt den Atem an.

„Ja, mit der richtigen Person schon irgendwann."

Es folgte Frage auf Frage und Leni konnte die Antworten gar nicht so schnell verarbeiten, wie sie kamen. Er wollte eine Familie mit der richtigen Person zusammen gründen. Ob sie die Richtige für ihn war? Schoss es ihr durch den Kopf.

„Wo lebst du?"

Lucas lachte.„Darauf gibt es keine Antwort."

Leni musste auch lachen. Wie sie wusste, gab es darauf wirklich keine Antwort.

„Glaubst du an Gott?"

„Na ihr wollt ja Sachen wissen", stellte Lucas belustigt fest.

„Ja, das tue ich."

„Und nun noch eine Frage, dann ist die Zeit um: Wirst du irgendwann wieder Musik mit einem anderen Künstler zusammen machen?" Wollte der Moderator abschließend wissen.

„Ja, allerdings. Ich denke, auch schon jemanden gefunden zu haben, mit dem ich zusammen an einem Projekt arbeiten möchte." Beantwortete er die Frage sehr fröhlich klingend.

Leni wurde schlecht. Er meinte doch wohl nicht sie. Leni fasste sich an den Kopf und ärgerte sich über ihre eigenen unsinnigen Gedanken. Nur weil er sie für ihre Gitarren-künste gelobt hatte, hieß das noch lange nicht, dass er mit ihr zusammen arbeiten wollte, überlegte sie.

„Mensch Lucas, das waren immerhin zehn Fragen, die du beantwortet hast. Und liebe Zuhörer, wo ihr die Meet-and-Greet-Karten gewinnen könnt, erfahrt ihr auf unserer Homepage." Hing der Moderator noch an.

„Ja, das waren doch ganz nette Fragen", bemerkte Lucas lachend. „Da wünscht man sich mehr von."

Das Interview nährte sich dem Ende und Leni war gespannt, wann er sie anrufen würde. Zum Abschluss spielte er noch einen Song, den sie schon in der Kirche von ihm gehört hatte. Es war ein sehr romantisches Lied und Leni hatte das Gefühl, dass er es noch gefühlvoller als beim letzten Mal sang. Sie drehte das Radio auf und schloss die Augen. Sollte dieser tolle Mann sie tatsächlich gut finden, fragte sie sich. Es war fast zu schön, um wahr zu sein.

In Gedanken versunken bemerkte Leni nicht, dass Marla

inzwischen nach Hause gekommen war. Sie musste Leni erst über den Kopf strobeln, damit diese bemerkte nicht mehr allein in der Küche zu sein.

„Na, in welchen Tagträumen treibst du dich denn rum?" Fragte Marla scherzhaft. Leni streckte sich zur Antwort und lächelte ihre Freundin etwas verschlafen an.

„Ich habe mir gerade ein Radiointerview angehört und war jetzt wohl kurz in meinen Gedanken versunken." Rechtfertigte sie sich.

„War dieses Interview zufällig mit einer bestimmten Person?" Lachte Marla.

Leni brauchte nichts sagen, denn Marla kannte ihre Freundin einfach zu gut. Marla hing ihre Tasche über einen der leeren Stühle und drückte den Knopf an der Kaffeemaschine. Im Hintergrund begann diese zu brodeln und übertönte die Musik aus dem Radio. Leni beobachtete ihre Mitbewohnerin, wie sie durch die kleine Küche wuselte und fragte sich, warum Marla so ausgeschlafen wirkte, schließlich war es doch eine recht kurze Nacht für sie gewesen. Nachdem der Kaffee durchgelaufen war und Marla ihre Tasse bis zum Rand gefüllt hatte, setzte sie sich auf den Stuhl, der Leni gegenüber stand. „Nun erzähl schon, und zwar alles. Von vorne bis hinten." Drängte sie Leni.

Leni war froh, nun etwas zu tun zu haben, doch behielt sie die ganze Zeit ihr Telefon im Blick. Sie wollte unter keinen Umständen den Anruf verpassen, auf den sie schon so sehnsüchtig wartete. Leni berichtete sehr ausführlich und Marla war eine grandiose Zuhörerin. An den richtigen Stellen machte sie, „aha" und „hmm" und wenn es passte, lachte sie oder stellte noch eine tiefergehende Frage. In diesem

Moment dachte Leni, was sie doch für ein Glück hatte, Marla als Freundin zu haben.

„Und du willst ihn dann in Potsdam besuchen?" Schloss Marla aus Lenis Erzählungen.

Es schwang eine freudige Erregung in Marlas Stimme mit, die Leni nicht entgangen war.

„Wenn du magst, kannst du gerne mitkommen und natürlich das Konzert sehen." Sagte Leni belustigt, als sie Marlas vor Freude strahlenden Augen sah. Doch Leni hatte auch Angst. Wenn er sich nun nicht meldete, nie mehr. Wenn er eigentlich nur ein wenig Spaß haben wollte und sie nun vergaß.

„Ich habe gesehen, dass er dich toll findet." Sagte Marla in Lenis Gedanken hinein. Leni lächelte.

„Ich finde ihn auch toll. Ich hoffe, dass er sich wirklich meldet."

Marla nickte verständnisvoll. „Er wird sich bestimmt bei dir melden. So wie er dich ansieht, ist er dir voll und ganz verfallen." Scherzte sie.

Doch Leni konnte nur seufzen und hoffte inständig, dass ihre Freundin recht behalten würde.

12

Lucas hatte das Interview sogar einigermaßen genossen und war mit einem guten Gefühl aus dem Studio gegangen. Den Aufzug hinab und durch das große Foyer hindurch hatte er sich berauscht gefühlt. Es war ihm schon den ganzen Morgen so ergangen, seit er Lenis Wohnung verlassen hatte. Trotz der Traurigkeit, die der Abschied unweigerlich mit sich gebracht hatte, war er so froh und ausgelassen wie schon lange nicht mehr. Er fühlte sich nicht mehr allein. Leni hatte ihn verzaubert. Ihre Art und einfach alles an ihr mochte er. Bei der Frage nach seinem Beziehungsstatus im Interview hätte er am Liebsten gesagt, dass er in festen Händen ist, doch das widersprach seinen Prinzipien, was seine Privatsphäre anging. Zudem wollte er nichts heraufbeschwören, was dann möglicherweise doch nicht in Erfüllung ging.

An der hinteren Ausgangstür des Senders angekommen, wurde er plötzlich wieder in die Realität zurückgeholt. Hunderte von kreischenden Fans hatten sich vor der Tür versammelt, um einen Blick auf ihn erhaschen zu können. Lucas war jedes Mal aufs Neue fasziniert von diesen Spektakeln. Er atmete noch einmal tief durch und schwang dann die Flügeltür auf. Zu beiden Seiten und hinter ihm, befanden sich Bodyguards. Er hasste es, so auf die Straße gehen zu müssen, doch in solchen Momenten blieb ihm nichts anderes übrig. Tage wie gestern waren ihm weitaus lieber. Hier und da verteilte er Autogramme und ließ sich mit dem einen oder anderen jungen Mädchen fotografieren. Doch seine Gedanken waren bei Leni. Fast hoffte er, sie in der Menge ausmachen zu können, doch eigentlich wollte er es auch wieder nicht. Das hätte nicht zu ihr gepasst und wie hätte er reagieren sollen, wenn sie dort zwischen den anderen Fans gestanden hätte. Nein, so war sie nicht. Lucas hatte auf eine gewisse Weise das Gefühl, sie schon ewig zu kennen und zu wissen, was sie dachte. Nach einer gefühlten Ewigkeit erreichte er, begleitet von seinen Bodyguards, den angemieteten Wagen. Ihm wurde die hintere Wagentür aufgehalten und er setzte sich auf die Rückbank. Viel lieber wäre er selbst gefahren, doch es gehörte zum Service, dass er chauffiert wurde. Vielleicht war es auch besser so, dachte er für sich. Sonst wäre er womöglich wieder zu Leni gefahren. Innerlich musste er bei diesem Gedanken grinsen. Er hatte sich den ganzen Tag über kaum konzentrieren können und selbst das Meeting heute Morgen mit seiner Band ging ihm ungewöhnlich schwer von der Hand. Lion hatte es sofort bemerkt, aber nichts gesagt. Lucas war nach einer Stunde froh gewesen, wieder, wenn auch nur kurz alleine sein zu können. Der Wagen quälte sich aus der Menschenmenge und fuhr Richtung Hauptbahnhof, wo der Rest der Band und Christoph sicher schon auf ihn warteten. Lucas schloss einen Moment seine Augen, als der Wagen seine Fans hinter sich gelassen hatte und stellte sich Leni vor, wie sie auf seinen Anruf wartete. Am liebsten hätte er sich schon längst bei ihr gemeldet, aber das war bisher nicht ungestört möglich gewesen. Bevor sie gleich weiter nach Dresden fahren würden, wollte er sie noch schnell anrufen, überlegte Lucas. Der Wagen rollte über den Asphalt hinweg und erreichte erstaunlich schnell den Bahnhof. Aus dem Fenster konnte er den Rest seiner Band vor einem großen Bus auf ihn warten sehen. Sie lachten und unterhielten sich ausgelassen, wie Lucas aus dem Seitenfenster des Wagens heraus sehen konnte. Er freute sich auf die bevorstehende Tour mit seinen Freunden, doch irgendwie nagte in ihm das Gefühl, dass etwas fehlte, damit er voll und ganz glücklich sein konnte.

„Hey, da bist du ja schon!" Rief ihm Christoph entgegen, als Lucas aus dem Wagen stieg. „Wir hatten noch nicht so früh mit dir gerechnet." Grinste er Lucas an.

„Ja, es ging alles schneller als gedacht. Gebt mir noch zehn Minuten, dann bin ich bei euch." Entschuldigte sich Lucas bei der Gruppe und ging an dem Bus vorbei, der sie nach Dresden und dann weiter durch Deutschland fahren würde. Hinter dem Bus wandte er sich nach rechts und entdeckte eine freie Bank unter einem kleinen Vordach. Er wählte voller Vorfreude Lenis Nummer und wartete gespannt auf ihre Stimme. Es klingelte drei Mal, dann war endlich ihre Stimme zu hören. Sie klang erleichtert und er musste darüber etwas schmunzeln.

„Hi, wie geht es dir?" Waren ihre ersten Worte.

Lucas ging es großartig, überlegte er. „Was hast du mit mir gemacht, Leni? Ich kann nur noch an dich denken. Aber sonst geht es mir eigentlich ziemlich gut." Lächelte er ins Telefon.

Leni musste am anderen Ende lachen. „Mir geht es genauso. Ich bin hier nicht die einzige Übeltäterin."

Lucas wurde warm ums Herz. Sie musste auch an ihn denken.

„Ich habe dich gerade im Radio gehört." Bekannte Leni.

„Und wie war es? Sehr kitschig oder peinlich?" Wollte er ernsthaft von ihr wissen.

„Nein, es war witzig und locker. Ich fand dich gut."

Lucas musste über ihre Worte lachen. „Wie war dein Tag?" Fragte er sie.

„Ziemlich langweilig, um ehrlich zu sein. Ich habe die Bilder bearbeitet und weggeschickt. Ach ja, ich habe noch geputzt. Toll, oder?" Erzählte sie ironisch. „Und bei dir, hat sonst auch alles so gut geklappt wie das Interview?" Wollte Leni wissen.

„Ja und nein. Ich konnte mich bei unserem Meeting heute Morgen nicht konzentrieren und den Rest des Tages habe ich über mich ergehen lassen. Weißt du schon Genaueres wegen Potsdam? Ich kann dir gerne einen Flug buchen lassen." Schlug Lucas hoffnungsvoll vor.

„Oh, das ist lieb. Aber ich denke, dass Marla und ich mit dem Auto kommen. Dann nehmen wir uns irgendwo ein Zimmer. Marla möchte gerne dein Konzert sehen, wenn das ok für dich ist." Ratterte Leni herunter.

„Ja natürlich, ich freu mich." Lucas hielt kurz inne. „Dann wird Marla aber viel Platz für sich allein in dem Zimmer haben." Er musste schmunzeln.

„Ahhh, entschuldige, aber ich stand auf dem Schlauch." Prustete Leni los. „Wenn du magst, bleibe ich gerne bei dir im Hotel."

Lucas lächelte zufrieden. „Das hört sich gut an." Musste er erfreut feststellen. „In Potsdam wird es ziemlich schwierig werden mich zu finden, deshalb sag ich dir, wie das Hotel heißt, sobald ich es weiß." Erklärte er. „Die Security-Maßnahmen sind manchmal etwas übertrieben, aber na ja, besser so als anders herum."

„Das ist schon in Ordnung. Wir sehen uns dann im Hotel. Ich freue mich schon." Antwortete Leni.

Im Augenwinkel bemerkte Lucas wie Christoph um die Ecke lugte und mit seinem Finger ungeduldig aber freundlich auf seine Uhr tippte.

„Hey, Christoph stresst schon wieder. Wir fahren jetzt los. Soll ich dich Morgen noch einmal anrufen?" Fragte Lucas in der Hoffnung, dass sie ja sagen würde.

„Gerne. Wenn du Zeit hast zwischendurch, freue ich mich sehr auf deinen Anruf." Sagte Sie zu seiner Erleichterung.

„Ich wünsche dir einen schönen Abend." Bedeutete Lucas etwas wehmütig. Wie gerne wäre er jetzt bei ihr.

„Ich wünsche euch eine gute Fahrt und morgen ein erfolgreiches Konzert, falls wir uns vorher nicht mehr hören sollten." Auch Leni wirkte etwas traurig.

Lucas wollte unter keinen Umständen, dass sie sich schlecht fühlte, erst recht nicht seinetwegen. „Ich rufe dich morgen wieder an, meine Sonne." Versprach er ihr und legte auf.

Er musste zwei Mal durch atmen, bevor er aufstehen konnte, um zurück zum Bus zu gehen. Es wurde bereits dunkel, als er um den Bus herum ging und der wenige Schlaf machte sich bemerkbar. Seine Augen wurden schwer und in seinem Kopf begann ein leises Dröhnen. Noch ein letztes Mal zog er die Kölner Abendluft ein. Sie war schwer und angenehm warm. Dann wandte er sich der offenen Bustür zu und stieg die wenigen Stufen hinauf.

In Leni herrschte ein Gefühlschaos. Hin und her gerissen zwischen Freude und Traurigkeit, ging sie in ihrem Zimmer auf und ab. Ihr Herz war so voller Gefühle für Lucas, doch ihn nicht sehen zu können, nagte bereits jetzt an ihr. Es war noch längere Zeit hin, bis sie sich das nächste Mal sehen würden, und sie wusste noch nicht, wie sie die Zeit sinnvoll nutzen sollte. Sie ging auf den Balkon und sah, dass es langsam dunkel wurde. Zarte Wolkenschlieren zogen sich durch den Himmel und teilten ihn in lila und rosa Streifen. Leni entschloss sich, noch fotografieren zu gehen. Das Abendlicht war wunderbar dafür. Sie packte schnell ihr Stativ und die Kamera zusammen und ging aus ihrem Zimmer hinaus. Auf dem Weg durch den Flur rief sie Marla noch schnell zu, dass sie kurz weg sei, und ließ dann die Haustür hinter sich ins Schloss fallen. Auf dem Weg aus der Wohnung und die Treppe hinunter lief Lucas in Gedanken neben ihr mit. Leni griff in ihre Jackentasche und fühlte den kleinen Anhänger darin. Sie musste lächeln. Doch Leni wollte nicht ständig an ihn denken und versuchte, ihn aus ihren Gedanken zu wischen. Die Luft sauste an ihr vorbei und als sie auf die Straße trat, löschte die Abendluft ein wenig ihre schlechten Gedanken. Sie atmete tief ein und machte sich auf den Weg zu einem kleinen Markt in ihrer Nähe. Die tiefen Dächer der kleinen Marktstände glitzerten in der untergehenden Sonne und bildeten eine herrliche Symbiose mit den Menschen, die lebhaft in den kleinen Gassen umher flanierten. Leni liebte es, aus einfachen und unspektakulären Situationen Kunst zu machen. So stellte sie ihr Stativ auf und ließ die Eindrücke durch den Blick ihres Objektivs auf sich wirken. Sie drückte auf den Auslöser. Einmal, zweimal, dreimal. Dann wandte sie sich um und erkundete den Markt nach weiteren Motiven. Die Zeit verging rascher als gedacht und im Nu waren auch die letzten Sonnenstrahlen verschwunden.

Leni packte alles wieder zusammen und flanierte im Fluss der Marktbesucher ebenfalls an den Ständen vorbei, die nun allmählich abgebaut wurden. Plötzlich lief ihr ein Schauder über den Rücken. Sie blickte sich um, konnte aber nichts Ungewöhnliches erkennen. Leni wurde das Gefühl nicht los, beobachtet zu werden. Irgendwo aus der Menge heraus schienen Blicke sie zu verfolgen. Sie atmete tief durch und sah sich noch einmal um. Es war nichts Auffälliges zu sehen. Wahrscheinlich war sie nur übermüdet, überlegte sie. Trotzdem begann Leni, sich nun in einem schnelleren Tempo als zuvor ihren Weg aus der Menge nach Hause zu bahnen. Nach wenigen Minuten konnte sie in der Ferne bereits ihre Haustür erkennen und war zu ihrer Überraschung erleichtert, gleich in Sicherheit zu sein. Dann überquerte sie die schmale Straße und schloss die Tür zu ihrem Haus auf.

Innen lief sie geradewegs zwei Frauen in die Arme. Leni entschuldigte sich und wollte weiter die Treppe hinauf gehen, als sie merkte, dass sie festgehalten wurde. Sie konnte nicht begreifen, was da passierte, fuhr herum und erkannte, dass die zwei Frauen sie festhielten. Die Kleinere der beiden griff ihr in die Jackentaschen und durchsuchte sie. Die andere hielt sie fest und sah sie unverwandt an. Leni hatte weder Zeit zu schreien, noch dachte sie in diesem Moment daran. Sie war völlig geschockt und stand einfach nur da. Plötzlich ließen die beiden Frauen sie los und stürmten aus der Haustür auf die Straße hinaus.

„Das hast du davon!" Schrie die eine der beiden ihr noch gehässig zu, während sie das Haus verließ.

Leni blieb auf der Treppe zurück.

Sie sah unverwandt auf die sich gemächlich schließende Tür, und langsam begann ihr Gehirn wieder zu arbeiten. Sie tastete sich ab. Fehlte etwas? Ja, schoss es ihr durch die Glieder. Ihr Telefon war weg und der Anhänger fehlte auch. Sie hatte beides in ihre Jackentasche gesteckt, bevor sie losgegangen war. Zornig begann sie, ihre Füße in Bewegung zu setzten und ließ dabei ihren Rucksack auf die Treppe fallen. Sie konnten noch nicht weit sein, dachte Leni hoffnungsvoll. Sie rannte aus der Haustür und entschied sich einfach für eine Richtung. Dann bog sie um die nächste Ecke. Die Straße war wie leer gefegt. Es war einfach niemand zu sehen und keine Spur von den beiden Frauen. Leni blickte resigniert zu Boden. Das konnte doch nicht wahr sein, überlegte sie. Wut stieg in ihr auf und eine große Traurigkeit lähmten ihre Beine und Arme. Sie würde ihn nicht mehr anrufen können. Die Verbindung zu einem ihr lieb gewonnen Menschen war gekappt worden. Die Wut übermannte sie. Empört, wütend und geschockt hob sie den Kopf und lief weiter. In jeder Straße sah sie nach, versuchte sich, die Gesichter der beiden Frauen in Gedanken zu rufen. Der Himmel verlor seine Farben und verblasste zu einem schmutzigen Grau. Leni ging im Karree und dann weiter und weiter. Nach beinahe einer Stunde des Suchens wusste sie, dass sie die beiden Frauen nicht wieder finden würde. Sie wurde bestohlen und es gab nichts, was sie jetzt dagegen tun konnte. Ihre Gedanken waren wieder bei Lucas. Er würde vielleicht versuchen sie zu erreichen, doch sie würde nicht antworten können. Irgendwo hatte sie diese beiden Gesichter ganz sicher schon einmal gesehen.

Der Satz, den die eine ihr an den Kopf geworfen hatte, ging

ihr nicht mehr aus dem Kopf. „Das hast du davon!" Doch sie hatte in den letzten Tagen so viele neue Menschen kennengelernt, dass sie die beiden nicht auf Anhieb zuordnen konnte. Sie sahen gar nicht aus, als ob sie öfter stehlen würden. Wenn Leni es sich recht überlegte, sah die Frau, die sie festgehalten hatte, ziemlich ängstlich aus. Langsam trottete Leni wieder zu ihrer Wohnung zurück. Am liebsten hätte sie geweint, doch es kamen keine Tränen. Sie musste jetzt unbedingt mit Marla reden, denn die hatte immer gute Ideen. Leni raffte ihre Jacke enger an sich, da es passend zu ihrer Laune auffrischte, und lief nun schnell wieder nach Hause zur Wohnung zurück. Es war inzwischen spät am Abend und Leni saß mit Marla zusammen auf der Polizeiwache in einem kleinen Büro mit pastellgrünen Wänden. Marla lächelte Leni immer wieder aufmunternd zu und blieb an ihrer Seite. Der Polizist, der dem allgemeinen Beamten-Klischee entsprach, tippte ermüdend langsam das von Leni Erklärte in seinen Rechner.

„Und sie denken, dass sie die beiden Frauen schon einmal gesehen haben?" Fragte er freundlich.

Leni nickte. „Ja, aber ich weiß nicht ..." Leni hatte dem Polizisten bereits alles erzählt, was sie wusste, doch nun fiel es ihr wieder ein.

„Ich glaube die beiden haben uns bereits gestern verfolgt. Sie saßen auch bei dem Konzert, vorgestern, neben mir."

Jetzt war es ihr klar und alles ergab plötzlich einen Sinn, doch besser fühlte sie sich durch diese Erkenntnis nicht. Der Polizist hatte ihr deutlich gemacht, dass es zu einer Anzeige gegen Unbekannt kam, diese aber wahrscheinlich im Sande verlaufen würde. Es war Leni schon vorher bewusst gewesen, aber Marla hatte darauf bestanden, zur Polizei zu gehen. Auf der einen Seite tat es Leni gut, wenigstens etwas tun zu können. Aber auf der anderen Seite hätte sie sich am liebsten in ihrem Bett verkrochen und geweint. Eigentlich hätte sie gerne Lucas angerufen und ihm davon erzählt, aber das ging ohne seine Nummer nicht. Leni hätte sich dafür ohrfeigen können, die Nummer nur in ihrem Telefon abgespeichert zu haben. Marla hatte ihre Gedanken und Sorgen geteilt und wusste, wie Leni sich fühlte. Leni war wieder einmal dankbar, sie als Freundin zu haben.

„Würden sie die Frauen wieder erkennen, sofern sie diese noch einmal sehen würden?" Fragte der Polizist in Lenis Gedanken hinein.

Leni sah auf. „Ja, ich denke schon." Überlegte sie laut.

„Gut, ich denke, wir haben dann alles. Sofern es etwas Neues gibt, werden wir uns bei ihnen melden, Frau Auch." Er reichte den beiden jungen Frauen die Hand und verabschiedete sie. Kurze Zeit später standen Leni und Marla wieder auf der Straße. Leni war schlecht und sie war müde. Gemeinsam, Arm in Arm, machten sie sich auf den Heimweg, doch Lenis Augen blieben trotz ihrer Müdigkeit wachsam und blickten in jedes Gesicht, das ihnen begegnete.

Lucas war inzwischen in Dresden angekommen und hatte es sich bereits in seinem komfortablen Hotelzimmer gemütlich gemacht. Sie waren noch zusammen etwas essen gegangen, doch die Fans vor dem Restaurant hatten ihm den Appetit verdorben. Vor dem Restaurant war es zu einer Auseinandersetzung unter den Fans gekommen. Lucas konnte dieses Verhalten nicht nachvollziehen. Daher hatten sie sich relativ flott wieder auf den Weg in ihr Hotel gemacht. Sie mussten den Hinterausgang benutzen, um ungestört nach draußen zu gelangen. Irgendwie kam er sich ab und zu vor wie in einem Spion-Film, jedoch war er der Falsche für die Rolle des Spions, dachte er. Diese Heimlichtuerei und das Versteckspielen waren einfach nicht sein Ding. Inzwischen lag er auf seinem Bett und schrieb an einem neuen Song. Seit er Leni kannte, waren ihm wieder neue Texte in seinen Kopf und in sein Herz gekommen. Er musste ständig an sie denken und sah auf die Uhr. Es war gerade einmal zehn Uhr, daher nahm er sein Telefon vom Nachttisch und suchte nach Lenis Nummer. Es hatte ihn ein wenig missmutig gestimmt, dass sie ihn noch nicht versucht hatte zu erreichen. Aber vielleicht wollte sie ihn nicht nerven, überlegte er. Lucas scrollte durch sein Telefonbuch und fand ihren Namen. Es wählte, doch es ging nur die Mailbox ran. Für einen kurzen Moment wollte er einfach wieder auflegen, doch er überlegte es sich anders und hinterließ ihr eine Nachricht:

„Hey Leni, ich bin gut in Dresden angekommen und freue mich, dich bald wieder zu sehen. Ich würde mich freuen, noch von dir zu hören. Bis ganz bald, Lucas." Er legte auf und ließ sich zurück in seine Kissen sinken. Irgendwie hatte er fest damit gerechnet, dass sie ans Telefon gehen würde und grübelte, ob sie ihm irgendetwas von einem Termin oder Ähnlichem erzählt hatte, sodass sie nicht telefonieren konnte. In Gedanken versunken rutschte ihm sein Telefon langsam aus der Hand und er schlief so schnell ein, dass er die ankommende Nachricht eine halbe Stunde später, nicht mehr mitbekam: „Hi, ich konnte nicht ans Telefon gehen. Schreib mir. Gute Nacht. Leni."

13

Marla war verzweifelt. Es waren inzwischen drei Tage seit dem Diebstahl vergangen und aus Leni war noch immer kein Lächeln heraus zu bekommen. Sie hatte alles Erdenkliche versucht, um ihre Freundin aufzuheitern, doch Leni blieb weiter trübsinnig. Sie hatten gemeinsam das ganze Internet nach einer Möglichkeit abgesucht, um Lenis Nummern wieder zu beschaffen. Zudem hatten sie versucht, Lucas irgendwie eine Nachricht zukommen zu lassen, doch nichts hatte funktioniert. Gestern waren sie bei Evelin im Restaurant gegenüber gewesen in der Hoffnung, dass Lucas ihr seine Nummer da gelassen haben könnte. Doch Evelin verneinte und nahm Leni tröstend in die Arme. Marla wusste nicht mehr ein noch aus, oder wie sie ihrer Freundin noch helfen konnte. Die halbe Nacht hatte sie sich den Kopf zerbrochen, wie man Lucas noch erreichen könnte, doch es wollte ihr keine Idee mehr kommen. Heute Morgen war es am schlimmsten. Leni war noch nicht aufgestanden, obwohl es bereits nach elf Uhr war und sie gleich zu einem Termin musste. Die einzige Idee, die Marla Leni noch nicht unterbreitet hatte, war, einfach zum Konzert nach Potsdam zu fahren, wie es ja auch zuvor mit Lucas abgemacht war. Leni musste schließlich eh dorthin, um zu fotografieren. Jedoch war der Haken daran, dass das Konzert total ausverkauft war. Würde Leni trotzdem fahren wollen, wäre Marla dabei. Sie kämmte sich in dem kleinen Bad die Haare und hatte die

Tür einen Spalt breit offengelassen. Leise hörte sie Leni an der Tür vorbei schlurfen.

„Guten Morgen!" Rief Marla ihr aus dem Bad zu. Es kam nur ein Grummeln zurück. Marla legte die Bürste zur Seite und folgte ihrer Freundin in die Küche.

„Hey, wie geht es dir?" Wollte sie von Leni wissen. Doch die Frage hatte sich im gleichen Augenblick erübrigt. Dunkle Schatten lagen unter Lenis geröteten Augen und ihre Körperhaltung strahlte pures Elend aus. Marla hatte ihre Freundin noch nie so gesehen.

„Hör mal." Versuchte Marla es erneut. „Wie wäre es, wenn wir trotzdem nach Potsdam fahren? Wir werden ihn schon finden und vor dem Konzert werden bestimmt noch Karten verkauft. Die sind dann zwar total überteuert, aber scheiß drauf." Wollte sie Leni aufmuntern.

Ein resigniertes Lächeln glitt über Lenis Lippen, doch sie sah Marla nicht an.

„Du bist so süß. Ich habe mir das auch schon überlegt, aber es geht nicht."

Marla verstand das nicht. „Wieso geht das nicht? Du musst doch eh nach Potsdam. Und wenn wir erst mal da sind, wird sich schon irgendetwas ergeben." Versuchte sie es noch einmal. Leni ließ die Schultern noch mehr hängen, wenn das überhaupt möglich war.

„Das Problem ist, dass wir erstens Karten für die erste Reihe bekommen müssten, diese Karten haben aber die Hardcore-Fans und werden sie niemals verkaufen. Wenn wir nicht ganz vorne stehen, kann er mich auch nicht sehen. Und zweitens, wenn wir ihn irgendwo sonst sehen sollten, was geradezu unmöglich ist, kommt man nicht an ihn heran, weil die Sicherheitsmaßnahmen pervers hoch sind. Das hat er mir vorher schon gesagt." Leni wischte sich über das Gesicht. „Und dazu kommt noch, dass er bestimmt enttäuscht ist, dass ich mich nicht mehr bei ihm gemeldet habe und er mich nicht erreichen kann. Wahrscheinlich hat er mich schon vergessen und sich jemand Neues gesucht." Sprach Leni mehr zu sich selbst als zu Marla.

Marla wusste nicht was, sie noch machen sollte.

Diese tiefe Traurigkeit, die von Leni ausging brach ihr beinahe das Herz.

„Aber Leni, so kann es doch nicht weiter gehen. Du musst wieder arbeiten und deine Termine wahrnehmen. Und Lucas hat dich alles andere als vergessen. Das weiß ich mit Sicherheit."

Leni ließ das Messer aus ihrer Hand auf das Brettchen vor sich fallen und begann zu schluchzen. Marla war in zwei Schritten bei ihr und nahm sie in die Arme.

Sie wollte sie so gerne trösten, doch Leni war vollkommen aufgelöst und nicht dazu bereit aufgemuntert zu werden. Nur Taten und Lucas konnten ihr helfen. Marla drückte ihre Freundin an sich und wartete, bis die ersten Tränen zu trocknen begannen.

„Leni, es ist mir egal, ob du das möchtest oder nicht, aber wir fahren zu diesem Konzert. Und wenn nichts funktionieren sollte, dann haben wir es doch wenigstens versucht. Wir lassen diese Möglichkeit nicht einfach verstreichen. Wahrscheinlich wird er dich dort in der Menge suchen. Ich weiß es." Leni drehte sich zu Marla und sah sie das erste Mal an diesem Morgen an. Marla konnte ihr ausgemergeltes Gesicht genau sehen. Ihre sonst leuchtenden Augen waren tränennass.

„Danke, dass du für mich da bist. Ich werde mich zusammenreißen." Versprach sie Marla und drückte sie noch einmal an sich. Marla wusste, dass es ein Ding der Unmöglichkeit war, dass Leni sich fassen würde. Dafür kannte Marla ihre Freundin einfach zu gut.

„Du brauchst dich nicht zu bedanken und mir hier auch nichts vorspielen. Dafür bin ich ja hier, ich bin für dich da, so wie du auch für mich. Doch jetzt musst du dich beeilen und bei deinem Termin gute Miene zum bösen Spiel machen." Lächelte Marla ihr aufmunternd zu. Marla wollte nicht, dass Leni auch noch ihre Jobs in Gefahr brachte. Schließlich ging es bei dem heutigen Termin um ihre Bilder und eine eventuelle Ausstellung. Sie schubste Leni sanft aus der Küche und sah, wie sie in ihr Zimmer trottete. Marla ließ sich auf den Küchenstuhl fallen und seufzte. Das konnte doch nicht so schwer sein, ihn zu erreichen, überlegte sie verzweifelt. Doch Leni hatte wahrscheinlich recht, dass dies nahezu ein Ding der Unmöglichkeit war. Kurze Zeit später stand Leni wieder in der Küchentür, um sich zu verabschieden. Mehr schlecht als recht hatte sie sich für den Termin fertiggemacht. Ihre Augenringe waren nicht zu übersehen.

„Ok, ich werde dann mal losgehen. Drück mir die Daumen." Hauchte Leni durch die Tür.

„Denk nur an deinen Termin und was er Dir bringen kann. Wenn er vorbei ist, kommst du wieder her und kannst Trübsal blasen." Versuchte Marla sie zu necken. Doch Leni hatte nur mit den Schultern gezuckt und war gegangen.

Lucas war verwirrt. Seit er Leni gestern Morgen die Daten

des Hotels und die Zimmernummer gesendet hatte, hatte er von ihr nichts mehr gehört. Sie hatten sich seit drei Tagen nicht mehr persönlich gesprochen. Leni hatte ihm nur per SMS geantwortet und war nicht mehr ans Telefon gegangen, wenn er sie angerufen hatte. Lucas kam sich ein wenig zurückgesetzt vor, wollte aber kein Drama daraus machen. Wahrscheinlich hatte sie einfach viel zu tun, versuchte er sich zu beruhigen. Doch nun, da sie wiederholt nicht ans Telefon ging, noch zurückrief, war er mehr als enttäuscht. Seine Traurigkeit hatte ihn so weit getrieben, dass er sein Zimmer in Frankfurt, wo sie seit gestern waren, nicht mehr verlassen hatte. Christoph hatte versucht, mit ihm zu sprechen, doch Lucas wollte niemanden hören. Irgendwas lief ganz und gar falsch. Er hatte gedacht, sie zu kennen, musste nun aber feststellen, dass das total vermessen von ihm gewesen war. Natürlich kannte er sie nicht, dafür war die gemeinsame Zeit viel zu kurz gewesen, doch er hätte nicht von ihr gedacht, dass sie ihn so schnell abschreiben würde. Wahrscheinlich gab es eine einfache und harmlose Erklärung dafür, versuchte er sich immer wieder einzureden. Am liebsten würde er zu ihr fahren und die Sache klar stellen, doch die Termine gestatteten es ihm nicht. Plötzlich vibrierte sein Telefon. Er sah auf das Display, erkannte den Namen seiner Schwester und seufzte.

„Hallo Lieblingsschwester!" Begrüßte er Milly gespielt gut gelaunt.

„Hallo Bruderherz, wie geht es dir? Ich hatte schon ein paar Mal versucht zu dir durchzukommen, aber es ist nicht so einfach dich an den Hörer zu kriegen." Bemerkte sie leicht beleidigt.

Lucas wusste, dass sie ihn oft versucht hatte zu erreichen, doch er hatte einfach nicht mit ihr sprechen wollen. Stattdessen hatte sie aber Christoph mit ihren Fragen zur Tour und zu Lucas Leben bombardiert.

„Es tut mir leid Milly," antwortete er ehrlich. „Ich hatte echt viel um die Ohren und war nicht so recht in der Stimmung zu reden."

„Geht es dir gut? Du hörst dich müde an. Wie ist es dir ergangen? Es grüßen dich Parguess und die Kinder." Lucas konnte ein Rufen aus dem Hintergrund hören.

„Danke!" Rief Lucas durch das Telefon zurück, sodass die Familie ihn durch Millys Hörer hören konnte. „Klar, bin ich müde, aber sonst läuft alles blendend."

Milly war normalerweise nicht so leicht zu täuschen, doch sie ließ sich, sollte sie ihm seine gute Laune nicht abnehmen, nichts anmerken.

„Schön, das freut uns. Wir vermissen dich schrecklich Bruderherz! Erzähl mal, wie ist es wieder auf Tour zu sein?"

„Ich vermisse euch auch! Aber Milly, sei mir nicht böse, ich muss mich ein wenig beeilen. Können wir in den nächsten Tagen telefonieren? Dann habe ich etwas mehr Zeit."

Bat er sie, nicht ohne ein schlechtes Gewissen zu haben.

„Da erreiche ich dich endlich mal und du willst mich schon wieder abwürgen? Aber gut, du weißt, wenn was ist, dass du immer mit mir über alles sprechen kannst. Und jetzt geh`, wohin du auch immer musst!" Neckte sie ihn.

„Ich weiß Milly, danke sehr! Ich melde mich ganz bald bei euch. Grüß alle von mir." Und er legte auf.

Lucas legte das Handy zur Seite und schloss die Augen. Abermals vibrierte es. Diesmal war es jedoch nur eine SMS.

Lucas stutzte, was wollte Milly denn noch?

„Hey, es tut mir leid aber ich denke, dass es mit uns beiden nicht klappen kann. Ich habe mir in den letzten Tagen meine Gedanken über uns gemacht und möchte dich nicht wieder treffen. Ich wünsche dir eine erfolgreiche Tour, Leni."

Lucas musste die Nachricht mehrere Male lesen, bis er begriff, was er dort sah. Sie wollte ihn nicht mehr treffen. Er war am Boden zerstört. Wie konnte er sich so in ihr getäuscht haben? Ihre Blicke hatten eine deutlich andere Sprache gesprochen. Lucas stand auf und legte das Handy auf den Tisch neben sich. Er wusste nicht, wo er hinsollte. Am liebsten wäre er gerannt und hätte geschrien. Doch er musste sich beruhigen. Nur so konnte er einen klaren Kopf bewahren. Er ging ins Bad und machte das Wasser in der Dusche an. Das würde bestimmt helfen, dachte er. Er zog sich aus und betrachtete sich im Spiegel. Was war er doch für ein Idiot gewesen. Christoph hatte vollkommen recht gehabt mit dem, was er ihm in der Kirche gesagt hatte. Das konnte nicht gut gehen. Er blickte weiterhin unverwandt sein Spiegelbild an. Er würde Leni nicht brauchen, um glücklich zu sein, redete er sich ein. Doch es fühlte sich falsch an. Die Dusche brachte nur eine kurze Ablenkung von seinen schlechten Gedanken. Er musste wieder klar sehen und sich auf die Tour konzentrieren. Heute Abend würde er wieder vor Tausenden Zuschauern stehen und musste das Konzert so gut wie möglich hinter sich bringen. Es war den Fans egal, wie er sich fühlte. Hauptsache war, dass er für sie den Clown für sie machte. Am liebsten wäre er für immer unter der Dusche stehen geblieben, doch er musste Lenis Entscheidung persönlich von ihr hören. In seinen

Bademantel gehüllt ging er quer durch das große Zimmer und griff nach seinem Telefon. Er wählte ihre Nummer und wartete. Er hoffte, sie zu hören. Aber wie erwartet, ging niemand ans Telefon. Resigniert legte er auf und legte das Handy wieder auf den Tisch zurück. Plötzlich klopfte es an der Tür und er hörte, wie Christoph hereinkam.

„Ich ziehe mich gerade an!" Rief Lucas aus dem Schlafbereich.

„Ja, ist gut, ich warte hier, wenn es ok ist."

Lucas wollte nicht reden und schon gar nicht über Leni.

„Bin gleich fertig!" Rief er Christoph resigniert zu.

Christoph saß wartend auf dem Sofa der Suite und sah aus dem Fenster, als Lucas in seinem Bademantel den Wohnbereich betrat. Er drehte sich nicht zu Lucas um, als er ihn hereinkommen hörte.

„Hey, was führt dich her?" Fragte Lucas viel zu übertrieben fröhlich.

Er ging hinüber zu dem riesigen Einbauschrank und nahm sich seine Kleidung aus dem Koffer, der davor lag. Es lohnte sich für Lucas meistens nicht, seine Sachen in die Hotelschränke ein zu räumen, da er nie lange genug an einem Ort blieb. Christoph saß immer noch mit dem Rücken zu ihm und sah auf die Straße hinaus.

„Hör mal Lucas, ich weiß, dass es dir nicht gut geht. Das bekommen auch alle anderen mit, ohne dass du etwas sagst. Was ist denn los mit dir?" Fragte er ohne Vorwarnung und sah Lucas über die Schulter hinweg an. Lucas war verdattert. Er hatte damit gerechnet, dass das Gespräch in diese Richtung laufen würde, doch so prompt war er darauf nicht vorbereitet.

Er zog sich seinen Pulli über, um ein wenig mehr Zeit für

seine Antwort heraus zu schlagen, doch er wusste, dass er ihm eine Antwort für sein Verhalten schuldig war.

„In letzter Zeit hatte ich nichts mehr von Leni gehört, daher war ich viel in Gedanken gewesen, aber ich habe gerade erfahren, dass wir uns nicht mehr sehen werden und es war nicht meine Entscheidung." Er musste Luft holen, um sich seiner Worte und dessen Bedeutung bewusst zu werden. Doch dann sprach er weiter. „Daher war und bin ich echt scheiße drauf." Platzte es aus ihm heraus. Christoph drehte sich nun zu ihm um und sah Lucas ausdruckslos an.

„Sieh mich nicht so an, Chris. Ich weiß, was du gesagt hast und es ist ja auch vorbei. Ich werde mich wieder voll und ganz auf die Tour konzentrieren." Versprach er. Christoph nickte verständnisvoll.

„Es tut mir leid, dass ich recht hatte." Lucas wandte sich wieder seinem Koffer zu und sortierte seine Wäsche.

„So, was steht für heute an? Ich habe Hunger, fällt mir gerade auf." Versuchte er die Stimmung zu lockern und sich selbst abzulenken. Er schauspielerte und wusste, dass er das noch eine Zeit lang machen musste, bis er die Sache durchgestanden haben würde.

14

Leni fühlte sich unendlich schwach und bleiern schwer, doch zu ihrer eigenen Verwunderung stand sie noch auf beiden Beinen und eilte über den Bürgersteig. Sie hatte die letzte Bahn verpasst und musste nun rennen, um noch pünktlich, bei ihrem nächsten Termin anzukommen. Sie hatte inzwischen so viele Aufträge, dass sie kaum noch Zeit hatte, in Gedanken zu schwelgen. Es war in ihrem Leben ein Schritt voran gegangen, seit dem sie sich wieder ein Handy zugelegt und ihre neue Nummer auf ihre Homepage gestellt hatte. Eigentlich war es Marlas Verdienst, wenn es sich Leni genau überlegte, denn sie hatte Leni dazu gedrängt weiter zu machen und ihre noch in den Babyschuhen steckende Karriere voranzutreiben. Doch die ständige Traurigkeit hing an ihr und begleitete sie jede einzelne Minute. Selbst wenn sie nach außen hin lachte, war der Verlust in ihr förmlich greifbar. Sie musste immer wieder an morgen denken. Marla und sie würden nach Potsdam fahren, um Lucas zu suchen und ihm die Sache mit dem gestohlenen Handy zu erklären. Leni hoffte, dass sie die Chance dazu bekommen würde. Zudem hoffte sie, möglichst professionell ihren Fototermin für das „Cultures" dort absolvieren zu können. Sie blickte auf ihre Uhr. Noch drei Minuten, dann musste Leni am Dom sein. Ein Reiseführer war durch ihre bereits veröffentlichen Bilder im „Cultures" auf sie aufmerksam geworden und hatte sie für eine Bilderstrecke mit dem Namen „Quer durch Köln" gebucht. Heute würde sich Leni mit dem Werbeagenten treffen und die Route ausmachen, die Leni dann fotografieren sollte. Sie war weder nervös noch gespannt auf den Job.

Sie hatte einfach das Gefühl, nicht komplett zu sein und alles was sie tat nur zu machen, um etwas Ablenkung von ihrer Traurigkeit zu finden. Vor sich sah sie den Dom aufragen und lief die Treppen zu ihm hinauf. Sie wollten sich am Seiteneingang der Kathedrale treffen. Bei jedem Schritt die Treppe hinauf merkte sie die Anstrengung in ihren Beinen, doch sie biss die Zähne zusammen und nahm immer zwei Stufen auf einmal. Ein kleines Rinnsal Schweiß lief ihr den Rücken hinunter. Pünktlich um drei Uhr sah sie die großen Holztüren der Kathedrale vor sich. An der linken Seite entdeckte Leni einen Mann, der auf jemanden zu warten schien. Leni blickte an sich herab und richtete ihre Kleidung, atmete zwei Mal tief durch und ging zielstrebig und selbstbewusst auf den Mann zu. Er lächelte sie an, als er sie sah. Auch Leni lächelte und musste dabei feststellen, dass er sehr gut aussah und nur wenige Jahre älter, als sie war. Er stellte sich mit dem Namen David Direth vor und schenkte ihr ein freundliches Hallo. Von Anfang an überflutete er Leni mit Komplimenten über ihre Bilder, die er im „Cultures" gesehen hatte. Leni wusste schon nach kurzer Zeit nicht mehr, wie sie seinen Schmeicheleien entkommen sollte. Sie ließ sie über sich ergehen und hoffte einfach nur, dass der Termin bald zu Ende gehen würde. Herr Direth blieb über die ganze Tour hinweg freundlich und aufgeschlossen. Doch Leni konnte es kaum aushalten mit ihm. Alles an ihm ließ sie traurig werden und daran denken, dass sie viel lieber mit

Lucas diese Tour durch Köln gemacht hätte. Doch Lucas war wahrscheinlich schon in Potsdam und bereitete sich auf sein nächstes Konzert vor.

„Frau Auch, haben sie mich gehört?" Fragte Herr Direth in ihre Gedanken hinein, während sie am Rhein entlang gingen. Leni blickte erschrocken auf und fiel wieder auf den Boden der Tatsachen zurück.

„Ja, ja die Kranhäuser werde ich auch aufnehmen." Stotterte sie. Herr Direth musste lachen.

„Frau Auch, ich war schon längst bei der Severins Brücke." Leni sah ihn verdutzt an.

„Ach herrje, das tut mir schrecklich leid, bitte entschuldigen sie meine Zerstreutheit." Stotterte Leni. Herr Direth musste schmunzeln.

„Das ist schon in Ordnung. Ich denke auch, dass wir für heute fertig sind. Wollen wir noch einen Kaffee zusammen trinken gehen?" Lächelte er Leni erwartungsvoll an. Sie wollte nicht unhöflich sein, doch ihre Gedanken ließen sich kaum noch unter Kontrolle halten. Sie musste unbedingt gehen.

„Herr Direth, das würde ich unheimlich gerne, aber ich muss leider noch zu einem weiteren Termin. Ich melde mich aber gerne bei Ihnen bezüglich der Bilder in der nächsten Woche. Ist das in Ordnung für Sie?" Vertröstete sie ihn so professionell wie möglich.

„Ja, natürlich." Erwiderte er. Herr Direth wirkte enttäuscht, aber überspielte es mit einem freundlichen Lächeln. Wahrscheinlich hatte er mit einer Abfuhr gerechnet. Leni war erleichtert, als sie ihm die Hand gab und sich auf den Weg nach Hause machen konnte. Während sie über den Platz zur nächsten Bahnstation lief, spürte sie noch seinen Blick in ihrem Rücken. Wie einfach es doch gewesen wäre, ihn nett zu finden. Doch sie wollte jemand anderen. Leni sah sich noch einmal um, doch Herr Direth war schon davon gegangen. Eine leise Vorfreude stieg in ihr empor, als ihre Bahn einfuhr. Auch wenn sie den morgigen Tag fürchtete, freute sie sich doch, eventuell Lucas wieder zu sehen. Sie hoffte so sehr, dass sich alles aufklären würde oder sie wenigstens mit ihm sprechen konnte. Der Zug ratterte los und sie ließ Herr Direth und den heutigen Tag hinter sich. Leni hatte sich auf einen Platz am Fenster fallen lassen und sah hinaus. In Gedanken versunken lief alles wie in einem Film an ihr vorbei. Sie drückte sich selber die Daumen, dass morgen alles gut gehen möge.

Trotz seiner immer schlechter werdenden Laune waren seine Konzerte in Dresden und Frankfurt ein voller Erfolg gewesen. Die Hallen waren ausverkauft und Lucas überrascht von der Leistung seiner Band und sich selbst. Das Publikum hatte getobt. Er blickte mit einem guten Gefühl zurück, doch mit einem schlechten nach vorn. Lucas saß in der hinteren Bank des Busses, der ihn und seine Band nach Potsdam bringen sollte ,und hatte seine Füße auf den Tisch vor sich gelegt. Zusammen mit Lion, der seine Geige auf dem Schoß hatte, bastelte Lucas an einem neuen Song. In Gedanken jedoch war er bei Leni. Immer wieder musste er an ihren letzten Kuss in ihrer Wohnung denken. Das herzliche Lachen und die kurze aber wundervolle Zeit mit ihr spielten sich immer wieder vor seinen Augen ab. Lucas war gefangen in diesem Film von Leni und ihm. So fühlte es sich jedenfalls an. Die Tage glitten an ihm vorbei, doch er war selbst nur ein Zuschauer aus der letzten Reihe.

„Lucas, wie wäre es, wenn ich diese Melodie über den Chorus lege?" Überlegte Lion laut. Er war gerade damit fertig geworden seinen Bogen nachzuspannen und hatte die Geige ans Kinn gelegt. Nach den ersten drei Tönen ging ein Ruck durch Lucas. Das war die Melodie, die Leni auf der Geige in dem kleinen Pub gespielt hatte. Entrüstet sah er Lion an.

„Hör bitte auf damit. Was soll das?" Lion sah ihn fragend an.

„Die Melodie ist wunderschön, es wäre eine Schande sie nicht zu verwenden." Verteidigte er sich. Lucas wusste, dass Lion recht hatte, doch um die Melodie zu verwenden war es noch zu früh.

„Ja, ich weiß du hast Recht, aber es geht noch nicht. Verstehst du?" Bat er auf Französisch.

„Schluss mit Französisch, ich verstehe doch sonst nichts." Platzte Christoph in die Unterhaltung hinein. Lion verdrehte die Augen, nickte Lucas aber verständnisvoll zu.

„Wenn ich soweit bin, lasse ich es dich wissen." Sagte Lucas noch schnell zu Lion. Christoph sah ihn verärgert an.

„Na toll, ignoriert mich ruhig." Meckerte Christoph gespielt verärgert. Lucas knuffte ihm in die Seite.

„Sorry Kumpel, was gibt's?"

„Wir sollten den Zeitplan für das Konzert morgen durchgehen und die Abläufe für davor und danach." Legte Christoph direkt los. Lion schnaufte und verabschiedete sich mit einem „Pas pour moi", aus der Sitzecke. Lucas musste lachen. Organisation war nicht Lions Ding. Er war durch und durch Musiker. Chris machte Lion Platz und setzte sich an seiner Stelle auf die Bank. Die roten Polster knarrten unter Christoph gefährlich und er schaute verdutzt.

„Habe ich zugenommen?" Witzelte er.

In der Hand hielt er zwei Organisationszettel und Stifte. Einen der Zettel reichte er Lucas.

„Du kommst gleich zur Sache, was?" Bemerkte Lucas.

„Ja, so bin ich." Grinste Christoph zurück. „Ok, morgen früh passiert nicht viel, da hast du nur noch ein Radiointerview um neun Uhr. Du wirst am Hotel um halb neun abgeholt. Danach hast du noch etwas Zeit für dich. Um eins bringen wir dich und die Band zur Halle. Dort macht ihr es wie immer, bis abends das Konzert beginnt. Der Einlass wird um 19:00 Uhr sein." Erklärte er. „Ach eins noch, es gibt Gewinner für die Backstage Karten." Lucas schnaufte. Das würde an seinen Nerven zerren.

„Wie spät kommen die denn nach hinten?" Tat er interessiert.

„Um 18:30 Uhr für eine halbe Stunde. Danach hast du dann noch Zeit mit der Band."

Lucas sah aus dem Fenster, während Christoph weitere Termine auf ihn einrieseln ließ. Die Sonne hatte sich längst verabschiedet und der Mond stand hell und deutlich am Himmel. Die Autobahn raste an ihm vorbei und in wenigen Stunden würden sie am Hotel ankommen. Lucas hatte sich immer noch keine Gedanken um seine Zukunft gemacht. Er wusste noch nicht, wie es nach der Tour weiter gehen sollte. Wahrscheinlich würde er wieder nach Frankreich oder Spanien zu seiner Familie reisen, um einen klaren Kopf zu bekommen und das neue Album fertigzustellen, doch viel lieber hätte er mit Leni einen langen Urlaub gemacht, um sie besser kennenzulernen. Da sie seine Pläne jedoch durchkreuzt hatte, musste er etwas anderes finden, das ihm sinnvoll erschien. Insgeheim hoffte er immer noch, dass sie ihn besuchen würde. Sie hatte seine Hoteldaten bekommen und wusste, wann er dort ankommen würde. Nach der Abfuhr jedoch, rechnete er sich keine großen Chancen mehr bei ihr aus. Christoph hatte sich still davon gestohlen und Lucas sich selbst überlassen. Während er auf die Straße sah und die Autos an dem Bus vorbei fuhren, durchlebte er noch einmal die wenigen Momente mit Leni. Wie sie ihn angesehen hatte, ihr ehrliches Lächeln und ihre Stimme. Langsam schlossen sich seine Augen und er dämmerte, auf der Rückbank sitzend, in einen leichten Schlaf.

Der Morgen begann rasant und früh. Marla und Leni hatten, nachdem sie wieder einmal verschlafen hatten, alle Taschen und Lenis Fotoequipment in den Kofferraum des kleinen Fiats geworfen. Nun fuhr Marla und Leni versuchte, auf dem Beifahrersitz sitzend, ihre Haare in den Griff zu bekommen. Gestern Abend hatte sie noch Details zu der Kirche in Potsdam erhalten, die sie morgen fotografieren würde. Doch an morgen konnte Leni beim besten Willen noch nicht denken. Sie war viel zu nervös vor dem, was sie heute erwarten würde. Gestern Nacht hatte sie zunächst kein Auge zu bekommen und sich von einer Seite des Bettes auf die andere Seite gewälzt. Ihr fehlte sein Geruch. Vor wenigen Tagen hatte sie den letzten Beweis dafür vernichten müssen, dass Lucas bei ihr gewesen war. Sie hatte unter Tränen ihr Bett neu bezogen, was zuvor unverkennbar nach ihm gerochen hatte. Nun war alles Spürbare von ihm endgültig weg. In Interviews im Fernseher oder im Internet hätte sie ihn ständig sehen können, doch sie hatte sich gezwungen, genau das nicht zu tun. Marla hatte das befürwortet, da sie ebenfalls nicht wollte, dass Leni in eine unerreichbare Scheinwelt abdriftete. Nun gab Marla Gas und sie fuhren aus Köln hinaus dem Sonnenaufgang entgegen. Zu ihrem Glück hatten sie eine ungewöhnlich freie Straße vor sich und sie kamen flott voran. Es war eine schöne Abwechslung, etwas Sinnvolles zu tun und Marla schaffte es sogar, Leni ab und zu zum Lachen zu bringen. Die Zeit schien trotz der inneren Unruhe wie im Fluge zu vergehen. Schon nach wenigen Stunden hatten sie Potsdam erreicht und waren in ein günstiges Hotel eingecheckt. Marla hatte sich bereits auf eines der beiden Betten im Zimmer gelegt und die überanstrengten Augen geschlossen, redete aber immer noch. Die ganze Autofahrt hinüber hatten sie bereits überlegt, wie sie die Sache am besten anpacken konnten, jedoch hatten sie sich noch nicht für einen Plan entscheiden können.

„Also ich finde," begann Marla wieder, „wir sollten jetzt schon zur Halle gehen und sehen, ob er sich da schon irgendwo rumtreibt." Leni stöhnte. Marla hatte das schon ein paar Mal vorgeschlagen, doch Leni glaubte nicht, dass Lucas irgendwo vor der Halle herumstehen würde. Doch etwas Besseres war ihr bis jetzt auch nicht eingefallen.

„Ja, wahrscheinlich ist es das Einzige, was wir machen können." Stimmte sie ihrer Freundin zu. Marla saß direkt kerzengrade im Bett.

„Wirklich?" Rief sie ungläubig. Sie hatte nicht mehr damit gerechnet, ihre Freundin umstimmen zu können.

„Na dann los, bevor du wieder kneifst und es dir anders überlegst." Sie sprang aus dem Bett und knuffte Leni in die

Seite. Übermannt von ihren Gefühlen, hielt Leni Marla am Arm fest und zog sie zu sich heran.

„Ich danke dir so sehr, dass du das hier alles mit mir durchmachst und mich immer wieder aufbaust." Sie drückte Marla an sich und die beiden umarmten sich. Marla musste sich eine Träne der Rührung wegwischen, aber lächelte Leni an.

„Hey, dafür bin ich doch da. Ich weiß, du würdest das Gleiche auch für mich machen. Aber jetzt lass uns los."

Marla nickte Leni aufmunternd zu und beide verließen das Hotel und gingen hinaus auf die Straße. Sie konnten zu Fuß zur Konzerthalle gehen. Marla und Leni schlenderten die dicht befahrene Hauptstraße entlang und konnten in der Ferne schon die Halle sehen. In Leni tobte ein Krieg zwischen Angst, Aufregung und Vorfreude. Sie hoffte, dass Lucas mit ihr reden würde. Es war inzwischen 14:00 Uhr und Leni rechnete damit, dass die Band schon längst in der Halle war und wie neulich in der Kirche, ihren Soundcheck hatte. Marla hatte sich bei Leni eingehakt und pfiff fröhlich vor sich hin. Leni wollte sich nur zu gerne von ihrer guten Laune anstecken lassen, doch es war ihr nicht möglich. Marla sah Leni an.

„Es tut mir leid, dass es dir so mies geht. Aber Kopf hoch, das wird schon klappen. Ein Happy End!" Trällerte sie.

Nach wenigen Minuten hatten sie das Gelände der Halle erreicht und der Auflauf an Menschen wurde immer dichter.

„Ich glaube, wir sollten es hinten herum versuchen. Vielleicht kannst du da jemanden aus der Band sehen, oder irgendjemand anderen den du kennst." Überlegte Marla laut. Leni stimmte ihr nickend zu. Der Andrang vor dem

Haupteingang war unbeschreiblich groß. Unzählige Fans jeden Alters, wenige Männer, viele Frauen und ein paar Kinder warteten in Schlangen vor den Türen, die unbarmherzig verschlossen blieben. Leni fasste Marla an der Hand und zog sie um einen Toilettenwagen herum auf einen kleinen Schotterweg. Hier war es etwas ruhiger. Sie liefen viele kleine Wege entlang, um hinter die Halle zu gelangen, bis sie mehrere Lastwagen und Autos auf einem Schotterparkplatz vor sich parken sahen. Nur wenige Meter vor ihnen war eine Absperrung und die Security zu sehen. Leni glaubte ihren Augen nicht. Konnte das möglich sein, überlegte sie und versuchte sich das Gesicht des Security-Manns in Düsseldorf ins Gedächtnis zu rufen.

„Marla, ich glaube, das ist der Sicherheitsmann aus Düsseldorf, von dem ich dir erzählt habe." Marla weitete die Augen.

„Ja, aber das ist ja wunderbar. Vielleicht erkennt er dich noch und lässt dich rein oder holt Lucas für dich ans Tor." Leni ließ sich von Marlas positiver Stimmung mitreißen und sie gingen schnellen Schrittes zur Absperrung.

Der Sicherheitsmann baute sich direkt vor dem Zaun auf, als er die beiden Frauen auf sich zukommen sah. Leni und Marla sahen sich verunsichert an, gingen aber weiter zielstrebig auf ihn zu.

„Sie können hier nicht herein. Tut mir leid." Sagte er, als Leni und Marla in Hörweite waren.

„Hören Sie", begann Leni. „Sie haben doch in Düsseldorf auch den Backstage-Eingang bewacht. Ich war diejenige, die ihren Ausweis drinnen liegen gelassen hatte. Können sie sich an mich erinnern?" Der Sicherheitsmann sah Leni genauer an und weitete die Augen.

„Ja stimmt, jetzt wo sie es sagen. Haben sie denn diesmal einen Ausweis dabei?" Leni schüttelte den Kopf. „Nein, das ist gerade mein Problem, mal wieder." Sie lächelte ihn an. „Ich müsste aber dringend mit Herrn Sean sprechen. Könnten sie ihm Bescheid sagen, dass ich hier bin?" Fragte Leni hoffnungsvoll. Der Sicherheitsmann ließ sich Zeit zum Überlegen. Leni konnte es kaum aushalten.

„Ich kann das Tor hier nicht einfach verlassen und nach ihm suchen. Aber in einer halben Stunde kommt die Ablöse und könnte ihn auf dem Weg durch die Halle zum Haupteingang versuchen zu finden." Lächelte er stolz über seinen Plan. Leni war enttäuscht, aber es war noch nicht alles verloren.

„Ok, das wäre schrecklich nett von Ihnen. Wir kommen dann in einer halben Stunde wieder und warten hier auf ihn." Der Mann nickte und zwinkerte den beiden Frauen zu. „Ich werde ihn her schicken. Ob er kommt, ist dann seine Sache, aber ich sage meinem Kollegen, der dann hier steht, über Funk Bescheid." Marla und Leni lächelten ihn an und wandten sich zum Gehen. Ein paar Straßen weiter gab es einen kleinen Kiosk, an dem sie zuvor bereits vorbei gekommen waren. Um sich die Zeit des Wartens zu vertreiben, tranken sie eine Cola.

„Meinst du, er kommt?" Fragte Leni unsicher.

„Na klar. Ich bin mir ganz sicher. Er wird ausflippen vor Freude. Ganz sicher." Sagte Marla durch und durch übersprudelnd vor Zuversicht. Leni war sich nicht so sicher, aber nun konnte sie nur noch abwarten. Die halbe Stunde verging nur langsam und vor Anspannung konnte Leni sich auf kein Gespräch mit Marla konzentrieren. Also saßen die zwei einsilbig nebeneinander, sahen aus dem Fenster und warteten. Die Menschenmassen auf der Hauptstraße boten ein abwechslungsreiches Bild. Leni mochte es sehr, die Menschen einfach nur zu beobachten, die an ihr vorbei gingen. Manche waren alleine und zielstrebig unterwegs. Andere wiederum, schlenderten die Straße Richtung Zentrum hinunter. Marla fasste sie am Arm.

„Leni, wollen wir los?" Sofort war Leni wieder im Hier und Jetzt und sprang von ihrem Hocker.

„Ja, es wird Zeit, nicht wahr?"

Marla und Leni schlossen sich den zielstrebig laufenden Menschen an und bahnten sich ihren Weg durch die Menge, bis sie wieder auf den Schotterparkplatz gelangten. An der Absperrung vor ihnen sahen sie nun einen anderen Mann stehen. Er beachtete die beiden nicht, sondern las in einer Zeitung.

„Zum Glück stand vorhin der andere am Tor." Bemerkte Marla. Minute um Minute standen sie an einem Baum mit direktem Blick auf die Hintertür der Halle und warteten. Dann ging endlich die Eisentür auf und ein kleiner, langhaariger Mann kam hinaus und sah sich um. Dann ging er auf die Security zu und sprach kurz mit ihm. Leni erkannte ihn sofort, war aber zwiegespalten, ob sie sich nun über Christophs Anblick freuen oder ob sie noch besorgter sein sollte. Es war nicht Lucas, aber den beiden Frauen blieb keine andere Wahl und sie gingen auf Christoph zu. Er sah sie sofort und sein Blick verfinsterte sich.

„Was willst du denn hier?" Leni war geschockt. Wieso war er so feindselig ihr gegenüber?

„Ich muss unbedingt mit Lucas sprechen. Ich konnte mich

die ganze Zeit nicht bei ihm melden und wusste nicht, wie ich ihn erreichen sollte." Leni konnte ein Schluchzen nur schwer unterdrücken.

„Du hast mit ihm Schluss gemacht und jetzt kommst du hier an und willst mit ihm reden? Sieh zu, dass du hier verschwindest!" Schrie er sie beinahe an.

„Ich habe mit ihm Schluss gemacht?" Wunderte Leni sich laut. „Mir wurde mein Handy gestohlen. Ich konnte ihn gar nicht erreichen. Wie hätte ich denn da mit ihm Schluss machen können?" Christoph reagierte nur mit einem spöttischen Blick und ließ Leni und Marla verdattert vor dem Tor stehen. So schnell, wie er erschienen war, war er auch wieder in der Halle verschwunden. Der Sicherheitsmann hatte inzwischen die Zeitung weggelegt und sah sie beide ebenfalls feindselig an. Leni war am Boden zerstört. Was war das für ein Albtraum. Marla nahm Leni bei der Hand.

„Komm, lass uns lieber gehen, bevor wir noch Ärger bekommen." Leni ließ sich widerstandslos von Marla davon führen. Vor sich sah sie alles nur durch einen Schleier aus Tränen. Ihre Laune hatte den absoluten Tiefpunkt erreicht. Sie wusste nicht, wie es weiter gehen sollte. Lucas wollte sie nicht mehr sehen, da er aus ihr unerfindlichen Gründen dachte, dass sie mit ihm Schluss gemacht hatte. Alles hatte so harmonisch zwischen ihnen begonnen, wie hatte es nur so weit kommen können? In weiter Ferne hörte sie Marla aufmunternd auf sie einreden, doch Leni nahm ihre Worte nicht wahr. Sie wollte einfach allein sein und sich irgendwo verkriechen. Sie gingen wieder um die Halle herum und Leni stolperte, von Marla geführt, den kleinen Weg entlang. So leer wie heute hatte sie sich noch nie zuvor gefühlt.

Der Zuschauerbereich wirkte riesig, so leer und hell beleuchtet. Lucas stand auf der Bühne und sah in die noch leeren Zuschauerreihen. Hinter ihm liefen noch immer die Tontechniker auf der Bühne hin und her, um Kabel anzuschließen. Seine Bandmitglieder standen neben ihm und warteten auf den Soundcheck. Alex und Lion sahen ebenfalls beeindruckt in den riesigen Zuschauerraum.

„Das wird groß." Sagte Alex. „Haben wir jemals in einer so großen Halle gespielt?"

Lucas sah ihn an und nickte zustimmend.

„Ich glaube, so groß wie hier war es noch nirgends." Wiederholte Alex ehrfürchtig. Er wirkte nervös und Lucas musste ihm recht geben. Als Lucas sich wieder zum Zuschauerbereich wandte, sah er Christoph auf die Bühne zukommen. Er wirkte verärgert, lächelte aber, als er Lucas auf der Bühne stehen sah.

„Na, ist alles zu eurer Zufriedenheit?" Rief er ihnen zu, während er näher kam. Lucas nickte.

„Das werden wir gleich sehen, wenn wir den Ton haben. Wo warst du denn?"

„Ach, nur kurz draußen. Da gab es ein kleines Problem, hat sich aber von alleine erledigt." Christoph hatte nicht die ganze Wahrheit gesagt, das spürte Lucas, doch es viel ihm kein Grund ein weswegen er ihn hätte anlügen sollen. Daher akzeptierte Lucas die Antwort und kümmerte sich darum, dass alles dahin kam, wo es hingehörte. Nach gut zwanzig Minuten konnten sie endlich den Soundcheck beginnen. Der Klang war großartig und alle Bandmitglieder sahen sehr zufrieden aus. Lucas hatte heute eigentlich seinen neuen

Song spielen wollen, den er für Leni geschrieben hatte, doch sie war nicht da, um ihn zu hören, daher hatte er die Band ihn nicht proben lassen. Wehmut überkam ihn, als er daran dachte. Sie brauchten zwei Stunden für den Soundcheck, doch Lucas war sich im Anschluss daran sicher, dass es ein tolles letztes Konzert in Deutschland werden würde.

Nach der schweißtreibenden Arbeit wollte Lucas sich noch duschen und etwas essen, bevor später die Backstage-Karten-Gewinner kamen. Es würde seit langer Zeit wieder das erste Mal sein, dass er Fans so nahe an sich heranließ. Wirklich wohl war ihm bei dem Gedanken nicht, doch nun ließ es sich nicht mehr ändern. Er ging die langen Gänge im hinteren Bereich der Halle entlang und fand seine Garderobe auf der linken Seite. Dieses Mal hatte jeder seinen eigenen Raum, doch die meiste Zeit hatten sie zusammen in der Kantine gesessen und geredet, musiziert oder gegessen. Lucas zog sich in Ruhe aus, während das Wasser in der Dusche warm lief. Als ihm das Wasser heiß genug erschien, schlüpfte er unter die Dusche und ließ sich den Schmutz des Tages vom Körper spülen. Das schlechte Gefühl in ihm ließ sich jedoch nicht wegwaschen. Er vermisste Leni so sehr, dass es wehtat. Dieses Gefühl hatte er schon lange nicht mehr bei einer Frau empfunden. Obwohl er sich freute, noch so empfinden zu können, wusste er, dass es in diesem Fall sinnlos war. Die Gewissheit in ihm, dass sie ihn nicht wollte, verstärkte seine Qualen umso mehr. Nachdem er viel länger als gewöhnlich unter der Dusche zugebracht hatte, trocknete er sich ab und zog sein Bühnenoutfit an. Er kämmte sich die etwas zu lang gewordenen Haare und stylte sie. Er sah in den Spiegel und sah einen halbwegs attraktiven, etwas verhärmt wirkenden jungen Mann. Ein kurzer Piep-Ton ließ ihn den Blick vom Spiegel nehmen. Er hatte eine Nachricht bekommen. Lucas griff nach seinem Handy auf der Kommode und öffnete die Nachricht. Christoph hatte geschrieben.

„Deine Fans warten geschlossen in der Kantine." Lucas stöhnte. Dann ging es jetzt wohl los. Er rappelte sich auf, ließ sein Handy in seiner hinteren Hosentasche verschwinden, schritt durch die kleine Garderobe und schloss sie hinter sich ab. Dann machte er sich, die langen Flure entlang, auf den Weg zur Kantine. Auf den langen Fluren herrschte ein reges Treiben. Sicherheitsmänner, Techniker und Mitarbeiter der Halle wuselten betriebsam an ihm vorbei. Doch so beschäftigt jeder auch war, alle hielten kurz inne, um Lucas zu begaffen. Viele taten es erst, wenn er vorbei war, einige grüßten ihn, doch die meisten stoppten in ihrer Arbeit und sahen ihn unverhohlen an. Er war es gewohnt, doch es gefiel ihm noch immer nicht. Nachdem er einige Minuten gegangen war, sah er an der Tür zur Kantine Christoph stehen, der auf ihn wartete.

„Hey, ich muss kurz mit dir reden." Sprudelte es aus ihm hervor.

„Ist es etwas Gutes oder Schlechtes?" Wollte Lucas wissen. Schlechte Nachrichten konnte er jetzt nicht ertragen.

„Hmm, es geht so, denke ich. Vielleicht eher schlecht." Christoph machte eine fragende Geste.

„Kann es dann bis nach dem Konzert warten? Ich hab für so etwas gerade keinen Kopf." Lucas klopfte Christoph auf die Schulter und ging an ihm vorbei in die Kantine. Christoph eilte ihm hinterher. „Ja klar, dann erzähl ich es dir später."

An einem ovalen Tisch saßen zwölf Frauen. Lucas war

nicht verwundert, dass kein Mann unter den Gewinnern war. Er stellte seine Unsicherheit zurück und holte sein Lächeln heraus, von dem er wusste, dass sie genau das von ihm sehen wollten. Zwei Frauen schrien kurz auf, als sie ihn hereinkommen sahen. Lucas überhörte dies geflissentlich und gesellte sich zu ihnen an den Tisch. Alle sahen ihn beeindruckt an. Doch niemand traute sich, etwas zu sagen. So war es an Lucas, den ersten Schritt zu machen und dies möglichst locker.

„Hallo, schön, dass ihr da seid." Sagte er in die Runde. Seine Begrüßung wurde überschwänglich erwidert und die Stimmung wurde etwas lockerer. Lucas unterhielt sich mit jedem Fan ein paar Minuten und erfuhr so, wo sie her kamen und was sie beruflich machten. Zu seinem Glück wurden ihm nicht allzu viele Fragen gestellt, auf die er hätte antworten müssen. Nach einer halben Stunde war alles vorbei und die Fans wurden in die erste Reihe des Zuschauerraums gebracht. Lucas war erleichtert. Er hatte es besser gemeistert als gedacht und die Zeit war schnell vergangen. Er konnte lächeln, da ihm eine große Last von den Schultern genommen wurde. Christoph stand am anderen Ende der Kantine und unterhielt sich mit Lion, während er der Security bedeutete, dass sie nun gehen konnte. Lucas ging zu ihnen hinüber und klopfte Lion auf die Schulter.

„Na, wie sieht`s aus? Wollen wir uns in einer halben Stunde treffen und uns bereit machen?" Lion grinste.

„Bien sûr", sagte er nur und ging, um den anderen Bescheid zu sagen. Christoph sah Lucas belustigt an.

„Na, das hat doch besser geklappt als gedacht, oder?" Traf er den Nagel auf den Kopf.

„Ja, allerdings." Bemerkte Lucas. „Ich glaube, ich kann so langsam wieder auf Menschen losgelassen werden, ohne in Panik zu geraten." Er grinste. Christoph sah ihn an, als ob er etwas sagen wollte, doch schwieg dann.

„Was wolltest du mir vorhin sagen, Chris?" Fragte Lucas ihn, während sie aus der Kantine wieder hinaus und die langen Gänge entlang gingen.

„Eigentlich war es gar nicht so wichtig, Lucas." Begann er vorsichtig.

„Es gab nur ein Problem mit dem Ton, aber das konnten die Techniker regeln, haben sie mir durchgegeben."

„Weißt du, ich wollte dir auch mal sagen, dass ich es toll finde, wie gut alles wieder funktioniert und wie locker du wieder bist." Lobte er ihn.

Nun musste Lucas doch lachen.

„Das wolltest du mir vorhin etwa sagen? Du verarschst mich doch!" Er musste wieder lachen. „Aber wenn du nicht mit der Sprache rausrücken willst, ist das ok für mich." Lucas ging ein paar Schritte schneller vor und drehte sich zu Christoph um. „Hör mal, es geht mir wieder einigermaßen gut und das wird auch so bleiben. Deutschland haben wir heute Abend geschafft und dann geht's weiter. Mach dir bitte nicht ständig Sorgen um mich. Es reicht schon, wenn meine Schwestern ständig bei mir anrufen."

Beide mussten lachen, denn nicht nur Milly, sondern auch Louanne hatten nicht nur Lucas, sondern auch Christoph zur Weißglut getrieben mit ihren ständigen Anrufen. Doch Christoph hatte Louanne versprochen auf Lucas acht zu geben und Lucas wusste, dass Christoph sein Versprechen ihr gegenüber halten wollte.

15

Leni hatte sich zweimal übergeben, seitdem sie wieder im Hotel angekommen waren. Ihre Augen waren rot unterlaufen und ihr Kopf schmerzte entsetzlich. Marla wusste nicht, was sie noch tun sollte. Sie sah keinen Ausweg aus dieser Misere und wollte Leni nur noch einpacken und nach Hause bringen. Nach langem Hin und Her, hatte Leni ihrer Agentur glaubhaft klar gemacht, dass sie schrecklich krank sei und den Fototermin verschieben müsse. Marla konnte sich endlich wieder nützlich machen und die Taschen zum Auto bringen. Leni wusste, dass es gegen jede Vernunft war, nun schon wieder die 600 Kilometer zurückzufahren, doch sie wollte nur noch weg. Es war schon dunkel, als sie aus dem Fenster sahen, während sie mit ihren kleinen Koffern in der Hand hinunter zur Rezeption gingen. Die Frau hinter dem Tresen, sah sie fragend an. Sie hatten heute Vormittag bei ihr eingecheckt.

„Werden sie uns schon wieder verlassen?" Fragte sie Marla. Leni hatte sich ein Stück weiter in einen Sessel fallen lassen. „Ja, leider." Antwortete Marla. „Meiner Freundin geht es nicht gut und wir müssen wieder abreisen." Die Dame sah über Marlas Schulter hinweg zu dem Sessel, in dem Leni den Kopf in den Händen haltend wartete. Die Rezeptionistin sah Marla mitfühlend an.

„Oh, das ist ja traurig." Bemerkte sie. „Aber ich wünsche Ihnen eine gute Heimreise und eine gute Besserung für Ihre

Freundin."

Marla nickte dankend und verließ den Tresen.

„Leni, kommst du?" Leni sah auf, nahm ihren Koffer und folgte Marla mit gesenktem Kopf zum Aufzug, der sie in die Tiefgarage zu ihrem Auto brachte.

Leni hatte inzwischen aufgehört zu weinen und blickte aus dem Fenster des kleinen Wagens, während sie durch Potsdam auf die Autobahn fuhren. Als sie am Konzerthaus vorbei kamen, sah Leni auf ihre Knie. Sie konnte es nicht ertragen, dass Lucas so nah war und doch unerreichbar. Sie hatte wieder einen schweren Kloß im Hals und konnte eine erneute Heulattacke nur schwer unterdrücken. Marla merkte das und fuhr, etwas schneller als erlaubt, über die soeben rot gewordene Ampel. Leni war ihr unheimlich dankbar dafür und nach kurzer Zeit hatten sie die Autobahn erreicht und Leni fielen die Augen zu. Sie sank in einen unruhigen Schlaf und bekam nicht mehr mit, dass Marla noch beruhigend auf sie einredete. Um 22:00 Uhr schreckte Leni auf und sah auf dem nächsten Schild, dass sie die Hälfte der Strecke bereits hinter sich gebracht hatten. Ihr ging es, rein körperlich gesehen, wesentlich besser. Ihre Kopfschmerzen waren nur noch ein dumpfes Pochen und ihre Müdigkeit war weniger tief. Marla hingegen sah schrecklich aus. Sie wirkte müde und Leni überredete sie, dass sie selbst nun weiter fahren würde. Marla war davon nicht überzeugt, doch die Vernunft siegte. Sie wollte weder Lenis noch ihr eigenes Leben dadurch in Gefahr bringen, dass sie am Steuer einschlief.

Die Menge tobte, als Lucas die zweite Zugabe an diesem

Abend anstimmte. Ein schnelles Stück, das ihn vor Jahren in die Charts katapultiert hatte. Es war schon spät, doch das Publikum war außer sich vor Enthusiasmus. Sie klatschten, sprangen und sangen lauthals mit. Lucas sah hinter sich und bemerkte voller Freude, dass die komplette Band mit der Musik verschmolzen war und ihn anstrahlte. Doch nach schwungvollen drei Minuten neigte sich das Stück dem Ende zu und die Band versammelte sich am vorderen Rand der Bühne, um sich bejubeln zu lassen. Es war für Lucas ein großartiges Gefühl, eine tolle Show abgeliefert zu haben und dies mit seinen Freunden genießen zu können. In diesem Moment konnte er Lenis Verlust beinahe ertragen. Er lächelte allen zu und gemeinsam verließen sie die Bühne über den Seitenausgang. Aus dem Konzertraum hörten sie die Menge immer noch schreien und seinen Namen rufen.

„Ihr wart einfach großartig heute Abend!" Beglückwünschte Lucas seine Bandmitglieder. Sie umarmten sich alle und wirkten ebenfalls sehr zufrieden mit sich und dem Auftritt. Christoph stieß kurze Zeit später zu ihnen.

„Ihr wart klasse!" Sagte auch er und grinste in den Kreis. Lucas klopfte ihm auf die Schulter.

„Das hast du ja auch super organisiert." Lobte er ihn. „Wie sieht es aus, wollen wir noch auf die gelungene Deutschlandtour anstoßen, wenn sich jeder frisch gemacht hat?" Alle stimmten ihm euphorisch zu und verabredeten sich für später in der Hausbar des Hotels, in dem sie abgestiegen waren. Lucas legte sich ein Handtuch um den Hals, und wollte sich zurückziehen.

„Chris, fahren wir zusammen zum Hotel?"

„Ja natürlich, dann hol ich dich gleich ab. Wie lange brauchst du?" Fragte Christoph.

„Hmm, gib mir 20 Minuten, dann bin ich startklar." Lucas wandte sich um und folgte dem langen Flur zu seiner Garderobe. Als er hinter sich die Tür geschlossen hatte, pochte die Stille der wohltuenden Einsamkeit in seinen Ohren. Er genoss dieses Gefühl und verharrte für wenige Sekunden in diesem Zustand. Dann ging ein Ruck durch seine Eingeweide und der schmerzliche Verlust von Leni lebte wieder in ihm auf. Er bewegte sich langsam von der Tür in den Raum, zog sich aus und stieg abermals unter die Dusche. In seinem Koffer fand er eine neue Hose sowie ein neues Sweatshirt, das er sich überzog. Er rubbelte seine Haare trocken und nachdem er alles zusammen gepackt hatte, klopfte es an der Tür.

„Komm rein!" Rief Lucas, während er den Reißverschluss an seinem Koffer zuzog. Christoph kam herein und nahm ihn ihm ab. Lucas griff sich den Gitarrenkoffer seiner Lieblingsgitarre und folgte Christoph hinaus bis zum Hinterausgang.

„Ist es voll draußen?" Wollte Lucas vorab wissen, damit er sich darauf einstellen konnte.

„Ja, aber weiter entfernt. Der Parkplatz ist sehr weiträumig abgesperrt, daher können wir ungestört einsteigen und losfahren." Beruhigte Christoph ihn, da er merkte, dass eine gewisse Panik in Lucas aufstieg. Kaum hatten sie sich von den vielen Helfern in der Konzerthalle verabschiedet und den Parkplatz betreten, ging das Fan-Geschrei los. Lucas winkte höflich und wünschte allen eine ruhige Nacht, während er zu Christoph in den Wagen stieg. Seine Gitarre legte er auf die Rückbank, um keine Zeit zu vergeuden, und im Schutz des Autos zu verschwinden. Sie passierten mithilfe der Security das Gelände und bogen unter großem Lärm auf die nächst größere Straße Richtung Hotel ab. Sie fuhren einige Minuten in Stille, bis Christoph das Wort ergriff.

„Hör mal Lucas, dein Konzert war klasse und du scheinst wieder du selbst zu sein, aber vorhin ist etwas passiert, dass ich dir noch nicht erzählt habe." Lucas sah aus dem Fenster und registrierte Christophs Worte nur nebenbei. Er sagte nichts und wartete auf die Dinge, die Christoph ihm eröffnen wollte.

„Also, als du mich vor dem Konzert gefragt hattest, wo ich her kam, war es nicht einfach nur ein kleines Problem, dass ich geregelt habe." Lucas sah die Straße vor seinen Augen verschwimmen.

„Was meinst du?" Wollte er wissen.

Christoph bog in die nächste Straße ein.

„Leni war da und wollte mit dir sprechen." Lucas stockte der Atem. Er sah Christoph entgeistert an.

„Wie bitte?" War alles was er hervorbringen konnte. Christoph wirkte nervös.

„Ja, sie hat eine irre Geschichte erzählt, dass sie dich sprechen müsse und tat so, als ob sie nichts davon wüsste warum es zwischen euch aus sei." Lucas wusste nicht, was er dazu sagen sollte. Warum tat sie das und warum sollte sie so etwas erzählen?

„Warum hast du sie nicht zu mir gelassen? Was sollte das?" Wollte er von Christoph wissen.

„Ich wollte, dass sie dich in Ruhe lässt, nachdem sie dich so verarscht hat." Rechtfertigte er sich. Lucas sah ihn entgeistert an und konnte nicht glauben, was er soeben hörte.

„Sie war da und du hast sie wieder weggeschickt?" Fragte

Lucas ungläubig.

„Hör mal Lucas, sie hat dich verarscht und wollte es nun wieder tun. Ich bin so froh, dass du langsam wieder der Alte bist." Stotterte Christoph. Sie bogen in die Tiefgarage des Hotels ein. Lucas konnte es nicht glauben und musste aus dem Wagen hinaus.

„Halt sofort an und lass mich aussteigen!" Bat er Christoph unmissverständlich. Christoph ging sofort in die Eisen und Lucas ließ die Tür auffliegen.

„Lucas, ich wollte wirklich nur das Beste für dich." Rief Christoph ihm nach.

Lucas stoppte und drehte sich zu ihm um.

„Ich weiß, aber lass mich selber entscheiden was für mich das Beste ist." Damit ließ er die Beifahrertür laut zuknallen, nahm seine Gitarre von der Rückbank und verließ die Tief-garage Richtung Fahrstuhl. Lucas war total verwirrt und wusste nicht, was er von der Sache halten sollte. Er hatte Leni nicht so eingeschätzt, doch bisher hatte er nur Ärger wegen ihr gehabt. In seinem Innersten war er froh, dass Christoph die Sache für ihn geregelt hatte. Er wollte sich nicht mehr schlecht fühlen. Der Aufzug hielt in der obers-ten Etage. Lucas hatte eines der luxuriösesten Zimmer des Hotels bezogen. Er tippte den Tür-Code in ein kleines Käst-chen neben der Tür ein und sie sprang auf. Licht brannte. Hatte er es vergessen auszumachen? Fragte er sich. Dann sah er bei einem Blick durch die Tür, dass seine Schranktür geöffnet war. Er hörte Stimmen. Mit einem flauen Gefühl im Magen trat er in den kleinen Flur seines Zimmers. Die Zimmertür ließ er offen stehen. Er schlich Richtung Wohn-bereich und lugte um die Ecke. Auf den Sofas sah er zwei

Frauen sitzen. Eine von ihnen hatte ihm den Rücken zuge-
kehrt. Die andere lachte gerade. Lucas war irritiert. War er
im falschen Zimmer? Vorsichtig wandte er sich von den
Frauen ab und sah in den offen stehenden Schrank. Das war
definitiv seine Kleidung oder zumindest das, was davon
übrig geblieben war. Den größten Teil mussten die Frauen
ausgeräumt haben. Lucas überlegte kurz, was er tun sollte.
Leise schlich er ins Bad neben der Haustür und nahm den
Hörer vom Telefon. Er wählte die Rezeptionsnummer.
Sofort war eine freundliche Stimme zu hören:
„Herr Sean, wie kann ich Ihnen helfen?"
„In meinem Zimmer sind fremde Frauen, die ich nicht kenne
und nicht hier haben möchte. Bitte schicken sie schnell den
Sicherheitsdienst." Formulierte er so ruhig und leise wie
möglich. Der Mann am Telefon schaltete zum Glück schnell.
„Sie können nicht laut reden, da die Frauen noch nicht wis-
sen, dass sie da sind?" Lucas gab nur eine kurze Antwort.
„Ja!"
„Gut, bitte verlassen Sie sofort das Zimmer und warten Sie
vor der Tür. Die Security ist schon auf dem Weg zu Ihnen."
Instruierte ihn der Rezeptionist. Lucas nickte und legte auf.
Dabei musste er über sich selber schmunzeln, da er oft vergaß, dass man ein Nicken durch das Telefon nicht sehen
konnte. Langsam und so leise wie möglich verließ er das
Zimmer. Im Hintergrund hörte er die Frauen immer noch
lauthals reden und lachen.
„Lass das Shirt an, das ist sonst zu heftig", redete die eine auf
die andere ein. Lucas machte große Augen, als er das hörte
und sah zu, dass er schnell hinaus kam. Im Gang atmete
er durch. Schnell nahm er sein Handy aus der Tasche und

rief Christoph an, um ihm von seiner momentanen Lage zu berichten. Er war schockiert und machte sich direkt auf dem Weg zu Lucas' Suite. Am Ende des Gangs sah Lucas zwei Männer den Flur entlangrennen. Sie näherten sich schnell und blieben vor ihm stehen.

„Was ist los?" Wollte der Ältere der beiden wissen.

„Da sind, soweit ich sehen konnte, zwei Frauen in meinem Zimmer, die da nicht rein gehören." Erklärte Lucas erneut sein Problem.

„Ok, bitte warten Sie hier draußen, Herr Sean, wir holen Sie rein, sobald wir die Lage unter Kontrolle haben."

Der jüngere Mann nickte zustimmend. Zusammen verschwanden sie in seinem Zimmer. Sie hatten die Tür geschlossen, trotzdem konnte Lucas ein Schreien vernehmen. Auf seine Zimmertür starrend, hörte er plötzlich Schritte von der Seite. Christoph kam auf ihn zugeeilt.

„Was ist los? Ist die Security schon da?" Fragte er Lucas nervös. Von drinnen drangen weitere Schreie und Kampfgeräusche durch die Tür. Lucas war angespannt. Plötzlich wurde es still. Eine Weile lang geschah nichts. Dann sprang die Tür auf und der jüngere Security-Mann stand lächelnd in der Tür.

„Alles in Ordnung, wir haben sie. Kommen Sie herein. Wir rufen jetzt die Polizei dazu."

Lucas nickte und er und Christoph traten ins Zimmer. Auf dem Sofa saßen die zwei Frauen, doch diesmal schüchtern und mit auf dem Rücken verbundenen Händen. Sie sahen ihn nicht an. Vor ihnen auf dem Tisch lagen jede Menge Gegenstände. Unter anderem auch Dinge, die er kannte. Lucas wusste nicht, was er sagen sollte und war froh, als

Christoph das Wort ergriff:

„Wer seid ihr? Und was bitte habt ihr hier zu suchen?" Die beiden Frauen sagten nichts.

„Wir haben sie gerade auch schon befragen wollen, doch sie verweigern bisher die Aussage." Erklärte der ältere Sicherheitsmann. Lucas verstand das alles nicht. Was sollte das für einen Sinn ergeben? Langsam ließ er seinen Blick über die Frauen gleiten. Sie waren ihm irgendwie nicht unbekannt, doch konnte er ihre Gesichter nicht gut genug erkennen, um sie zuordnen zu können. Er ließ seinen Blick über die Szene wandern und blieb bei den Gegenständen auf dem kleinen Tisch hängen.

„Was sind das für Gegenstände auf dem Tisch?" Fragte er die Männer.

„Das hatten sie in den Taschen, als wir sie hier vorgefunden haben." Sagte einer der beiden. Lucas' Blick fiel auf eines der Telefone. Er ging zum Tisch und nahm es in die Hand. Er erkannte es sofort und brauchte nur, um sich selbst zu bestätigen, in das Telefonbuch des Telefons zu schauen. Da fand er sie. Seine eigene Handynummer und die von Marla. In dem Moment war für ihn alles klar. Dann sah er noch einmal auf den Tisch und sein Herz setzte einen Schlag aus. Der kleine Anhänger, den er Leni geschenkt hatte, lag nun vor ihm auf dem Tisch zwischen allem möglichen Krimskrams. Er nahm auch ihn an sich und verstaute ihn in seiner Innentasche. Langsam begann er seine Theorie in Worte zu fassen. Der ältere Sicherheitsmann war inzwischen auf dem Flur und telefonierte.

„Ich kenne diese beiden Frauen. Sie haben mich und Leni verfolgt, als wir in Düsseldorf waren." Er drehte sich zu

Christoph und zeigte ihm das Handy. „Das hier ist Lenis Handy. Sie müssen es ihr geklaut haben. Daher hatten sie den Zimmer-Code, weil ich ihn Leni in einer SMS geschickt hatte. Sie hatte nicht gelogen, Chris." Erleichterung legte sich um sein Herz. Die SMS, das komische Verhalten, alles ergab nun einen Sinn. Ihm wurde klar, dass er mit der echten Leni schon lange keinen Kontakt mehr hatte. Christoph sah ihn verwirrt an.

„Was bitte? Und was haben die beiden davon?" Christoph ging zu den Frauen hinüber.

„Was soll der Mist?" Fauchte er sie an, doch sie rührten sich nicht. Lucas war es fast egal. Er wollte nur Leni sehen.

„Haben sie die Polizei informiert?" Fragte er den im Zimmer verbliebenden Mann aufgebracht. Dieser nickte nur und stellte sich neben die Frauen. Lucas ignorierte die Drei und nahm Christoph an der Schulter, um mit ihm ins Bad zu gehen. Vor den Frauen wollte er nicht offen reden.

„Chris, ich werde morgen früh direkt nach Köln fahren." Christoph nickte.

„Ja das dachte ich mir schon. Ich werde dir einen Wagen mieten." Lucas sah ihn dankbar an.

„Entschuldige, dass ich dich vorhin so angefahren habe. Ich bin so froh, dass es für Lenis Verhalten eine Erklärung gibt." Christoph wirkte verlegen. „Ich hätte dich mit ihr reden lassen sollen. Dann hätte sich das alles von alleine geklärt."

Lucas wusste nicht, was er dazu sagen sollte, er musste ihm zustimmen. Doch wusste er auch, dass Christoph nur das Beste für ihn wollte.

„Ja, da hast du recht, alter Freund." Christoph sah weiter verlegen auf den Boden, aber Lucas musste schmunzeln.

„Man, ist doch ok jetzt Chris. Komm, wir treffen uns mit den anderen wenn die Polizei da war und morgen hau ich ab."

Ein leises Klopfen weckte Leni aus ihren Träumen. Sie konnte sich nicht daran erinnern, überhaupt eingeschlafen zu sein. Langsam öffnete sie die Augen und sah aus dem Fenster in den Innenhof. Auf dem Ast des einzigen Baumes saß ein Specht und klopfte gegen den Stamm. Leni musste darüber lachen und drehte sich wieder auf die Seite. Doch plötzlich fiel ihr wieder alles ein. Der letzte Tag, die verweinte Nacht, das schreckliche Gespräch mit Christoph. Sie wollte keine Tränen mehr vergießen, doch es war einfach so aussichtslos schrecklich, dass sie um das Heulen nicht herum kam. Nachdem sie vor Wut darüber, dass sie ständig weinte, in ihr Kissen gebissen und den Vogel verflucht hatte, ging sie in die Küche, um sich einen Tee zu kochen. Marla war bereits wach und saß am Fenster.

„Guten Morgen, Sonnenschein." Neckte sie Leni.

„Ja guten Morgen, bist du schon lange wach?"

„Ja, leider schon, weil ich dein Handy in meiner Jackentasche hatte und diese in meinem Zimmer hing." Erklärte Marla. Leni war verwirrt. Natürlich hatte sie sich ein neues Telefon besorgen müssen, um wenigstens für die Arbeit erreichbar zu sein, doch seit sie ihr Lieblingstelefon nicht mehr hatte, konnte sie sich an das Neue noch nicht gewöhnen und vergaß es überall.

„Und das hat dich so gestört, dass du nicht mehr schlafen konntest?" Marla lachte.

„Nein, es hat drei oder vier Mal hintereinander geklingelt und mich aus dem Bett geholt. Es war der Typ, für den du diese Reiseführerbilder geschossen hast. Du sollst ihn unbedingt zurückrufen."

Leni war nur wenig begeistert.

„Ach so, ja dann werde ich das mal machen." Das Wasser hatte gekocht und Leni nahm sich eine Tasse aus dem Schrank.

„Und wie hast du geschlafen?" Wollte Marla wissen.

Leni überlegte. „Eigentlich habe ich so fest geschlafen, dass ich heute Morgen erst gar nicht mehr wusste, was gestern passiert ist. Aber es hat mich wieder eingeholt. Die Reaktion von Christoph hat mich echt fertig gemacht."

Marla nickte. „Ja das ist klar, an mir ist es auch nicht spurlos vorbei gegangen." Leni drehte sich zu Marla um und sah sie an. „Danke, dass du alles versucht hast. Du bist die beste Freundin, die man sich vorstellen kann." Marla wurde leicht rot und sah wieder aus dem Fenster.

„Ich geh dann mal telefonieren." Sagte Leni, nahm ihre Tasse Pfefferminztee und ihr neues Handy vom Küchentisch und machte sich wieder auf den Weg in ihr Zimmer. Sie schloss ihre Tür hinter sich mit dem Fuß und sah auf ihr Telefon. Wie gerne hätte sie eine andere Nummer auf dem Display gesehen, doch es war die Nummer von David Direth. Leni atmete einmal tief durch und rief zurück. Schon beim zweiten Klingeln nahm er ab.

„Direth." Begann er das Telefonat.

„Ja hallo, Leni Auch am Apparat. Sie hatten versucht, mich zu erreichen?" Versuchte Leni möglichst freundlich zu klingen.

„Oh wie schön, dass Sie zurückrufen, ich hatte angerufen, um mich schnellstmöglich mit Ihnen zu verabreden." Sagte

Herr Direth voller Freude. Leni stockte kurz der Atem. David Direth schien das zu bemerken und redete weiter.

„Keine Angst, es geht nur um die Bilder, die Sie ja für uns machen.

Ich habe gestern einen Plan erhalten, indem genau steht, wie die Anforderungen sind und ich dachte, es wäre gut wenn wir da noch einmal gemeinsam drüber schauen, bevor Sie los legen." Sein Anliegen war berechtigt, überlegte Leni. Doch hatte sie die Nerven, sich heute noch mit ihm zu treffen? Fragte sie in sich hinein.

„Ja, das klingt vernünftig. Wie haben Sie sich das vorgestellt?" Wollte Leni wissen.

„Schön, dass Sie das genauso sehen, Frau Auch. Ich hatte daran gedacht, dass wir uns zum Essen irgendwo treffen und wir die Angaben gemeinsam durchgehen." Leni stockte der Atem. Essen gehen war das Letzte, was sie wollte. Sie musste versuchen, die Sache unverfänglicher zu halten.

„Herr Direth, bei mir auf der Straße ist ein kleines Restaurant, da könnten wir etwas trinken, eine Kleinigkeit essen und alles besprechen. Würde ihnen 16:00 Uhr passen?" Herr Direth antwortete überschwänglich.

„Das ist eine wunderbare Idee. Soll ich Sie abholen?"

„Nein Danke, das ist nett, aber lassen Sie uns einfach vor dem Restaurant treffen. Es heißt La Patata." Wiegelte Leni ab.

„Ok, wie Sie meinen. Dann werde ich um 16:00 Uhr da sein. Bis später." Und legte auf. Leni war sehr erleichtert, das Date ähnliche Treffen noch in ein harmloses Geschäftsmeeting verwandelt haben zu können. Sie ließ sich auf ihr Bett fallen und genoss die Sonnenstrahlen auf ihrem Gesicht.

16

Lucas saß zu seiner Erleichterung nun endlich in dem gemieteten Auto und war auf dem Weg nach Köln. Seine Vorfreude auf Leni war kaum noch auszuhalten. Zum Glück hatte sich gestern noch alles geregelt und die Polizei konnte die beiden Frauen mitnehmen. Nachdem Lucas seine Aussage gemacht hatte, konnte er sich mit den anderen treffen und die Deutschlandtour ausklingen lassen. Gemeinsam hatten sie den Vorfall diskutiert und alle möglichen Gründe, so etwas zu tun, genaustens unter die Lupe genommen. Mit seinen sonstigen Fans waren diese beiden nicht zu vergleichen. Sie waren fanatisch und mussten sich total in der Idee ihn zu „überraschen" verrannt haben. Sie hatten überlegt, dass es vielleicht doch schneller geschah, als man dachte, sich in solchen fantastischen Ideen, jemandem nah sein zu wollen, zu verlieren. Lucas hoffte, dass die beiden Frauen Hilfe bekamen, um von dieser wahnwitzigen Idee loszukommen. Er war, obwohl er noch viel zu aufgedreht gewesen war, als Erster ins Bett gegangen. Alle konnten verstehen, dass er für heute fit sein und früh losfahren wollte. Die Fahrt, ganz alleine, tat ihm gut. Er musste mit niemandem reden, keine Fragen beantworten oder so tun, als würde ihn das Thema eines sinnlosen Gespräches interessieren. Er konnte einfach geradeaus blicken und mit der Sonne im Rücken gegen Westen fahren. Er versuchte, sich nicht zu viel Gedanken über das bevorstehende Wiedersehen zu machen, doch kochte die Aufregung immer wieder in ihm hoch. Die Fahrt schien ihm unendlich lang, obwohl er ohne Stau zügig fahren konnte. Er ließ die Mehrzahl der Wagen auf der rechten Spur hinter sich zurück und drückte das Gaspedal durch. Es wurde langsam diesig, als er das Schild „Willkommen in NRW" passierte. Es waren nur noch ungefähr 100 Kilometer bis nach Köln. Er hatte sich immer wieder vorgestellt, wie sie reagieren würde, wenn sie ihn sah. Er hoffte, sie strahlen zu sehen. Wiederum plagte ihn die Angst, dass die damaligen Gefühle, die sie für ihn gehabt hatte, nun verschwunden sein könnten. Lucas hatte auch in sich hinein gehorcht, doch die Gefühle für Leni waren, wenn das überhaupt möglich war, nur noch stärker geworden. Die ganzen Ängste, die er um Leni gehabt hatte, würden nun hoffentlich der Vergangenheit angehören. Lucas schwelgte noch eine ganze Weile in Gedanken an die gemeinsame Zukunft und rief sich die wenigen gemeinsamen Erinnerungen mit Leni ins Gedächtnis, bis er in der Ferne den Dom erkennen konnte und es zu regnen begann. Doch selbst dieses miese Wetter konnte seine Vorfreude nicht schmälern.

Leni sah aus dem Fenster des kleinen Restaurants. Auf der Straße lief ein Pärchen an ihr vorbei. Sie wirkten verliebt und glücklich. Unterdessen lobte Herr Direth abermals Lenis' Bilder, die er in der „Culture" von ihr gesehen hatte. Er schmeichelte ihr und versuchte, sie für sich zu gewinnen, doch Leni war von seinen Avancen schlicht und ergreifend genervt. Sie sah auf die Uhr. Sie waren erst eine halbe Stunde dort und hatten gerade eine Suppe gegessen. Nun tranken sie auf seinen Wunsch hin einen Weißwein. Evelin trat an ihren Tisch.

„Ist bei euch soweit alles in Ordnung?" Strahlte sie die beiden an.

Leni antwortete. „Ja, Evelin. Danke dir. Die Suppe war sehr lecker. Aber es schmeckt ja immer großartig bei dir."

Evelin lachte. "Sag mal, hast du mal wieder was von ihm gehört?"

Leni schüttelte langsam den Kopf. „Nein, und das werde ich wohl auch nicht mehr."

Evelin legte ihr eine Hand auf die Schulter. „Ich weiß, was dir guttun wird." Und sie eilte in die Küche zurück. Herr Direth sah Leni verwundert an.

Sie wollte nicht darüber sprechen, doch was sollte sie ihm auf seinen fragenden Blick antworten? In ihr wirbelten die Gedanken durcheinander.

„Ach, es ist nichts." Versuchte sie betont locker zu klingen. „Ich hatte jemanden kennengelernt und mich verliebt, doch das ist jetzt vorbei. Aber das gehört nicht hier her."

Herr Direth nickte verständnisvoll. „Warum haben Sie denn nicht gleich gesagt, dass es Ihnen nicht so gut geht? Und ich schwalle Sie hier voll. Wenn Sie mögen, verlegen wir das Gespräch auf einen anderen Tag."

Leni durchzog ein schlechtes Gewissen. Er war in allen Belangen so verständnisvoll gewesen und sie hatte ihn die meiste Zeit ignoriert.

„Nein, mir tut es leid. Bitte lassen Sie uns noch über den Auftrag und die Anforderungen reden." Leni versuchte zu lächeln, auch wenn es ihr schwerfiel. Evelin erschien wieder, mit zwei Stücken Käsekuchen auf kleinen verzierten Tellern in der Hand an ihrem Tisch.

„Oh Evelin, du weißt einfach, wie man mich glücklich

machen kann." Lächelte Leni nun von ganzem Herzen.

„Ich hoffe, er schmeckt euch." Gluckste Evelin und stellte die Teller vor ihnen auf den Tisch.

Langsam bog Lucas in die Straße ein. Endlich war es soweit, er würde sie wieder sehen. Auf der Suche nach einer Parklücke fuhr er sehr behutsam durch die Straße und sah immer wieder nach rechts und links. Ein Stückchen weiter kam er auch an dem kleinen Restaurant vorbei, indem er so schöne Stunden mit Leni verbracht hatte, und blickte durch die Fensterscheibe hinein. Es war nur ein kurzer Blick, doch seine Hoffnung zerbrach in diesen wenigen Sekunden. Schnell sah er wieder nach vorn und beschleunigte seinen Wagen. Sie hatte glücklich gewirkt mit diesem Mann, den er nicht kannte. Hatte er ihre Hand gehalten? Lucas wusste es nicht mit Sicherheit. Er blickte ein letztes Mal in den Rückspiegel ,bevor er in die nächste Straße einbiegen wollte. Und dort sah er sie.

Sie musste sich getäuscht haben, aber sie wurde das Gefühl nicht los, dass sie soeben Lucas in einem Wagen an sich hatte vorbei fahren sehen. Blitzartig war sie von ihrem Platz aufgesprungen und aus dem Restaurant in den Regen hinaus gestürmt, dem Auto hinterher, das kurz davor war aus ihrem Blickfeld zu verschwinden. Sie bemerkte nur am Rande wie ihre Kleidung durchnässte. Plötzlich sah sie die Bremslichter des Wagens aufleuchten. Ein Ruck ging durch ihren Körper und sie rannte wieder los. Die Autotür öffnete sich. Und er stieg aus. Schüchtern, fragend. Tränen liefen über ihr Gesicht. Tränen der Freude und der Angst. Tausend

Fragen gingen ihr gleichzeitig durch den Kopf. War er ihretwegen hier? Was dachte er? Wie konnte sie ihm nur alles erklären und wollte er sie noch? Viele Fragen mehr waren dort, die sie nicht ordnen konnte. Sie sah, dass auch ihm Fragen durch den Kopf gehen mussten. Langsam kam er auf sie zu. Leni verdrängte ihre Ängste in die hinterste Ecke ihres Kopfes, denn sie wollte nur eins. Ihn wieder in die Arme schließen.

Nichts war mehr wichtig. Dort war sie und kam auf ihn zu. Wie konnte er da geglaubt haben, dass sie ihn vergessen hatte. Nein, er war sich nun sicher, dass sie ihn auch so sehr vermisst hatte wie er sie. Seine Beine setzten sich in Bewegung und der Regen peitschte ihm ins Gesicht. Er sah, dass sie ihn schüchtern anlächelte und er lächelte zurück. Ein euphorisches Gefühl breitete sich in seinem Inneren aus und ließ ihn erschaudern. Dann hielt er inne und nahm sie in die Arme. Er fühlte augenblicklich ihre Wärme an seinem Körper und umschlang sie nun noch mehr. Er wollte für immer so mit ihr stehen bleiben.

„Ich werde dich nicht mehr hergeben!" Platze es aus ihm heraus. Sie wandt sich aus seiner Umarmung und sah ihn an. In ihrem Blick sah er ihre Sehnsucht.

„Ich habe dich so sehr vermisst." Erwiderte sie. In diesem Moment hupte jemand und sie wurden wieder in die Realität zurückgeholt.

„Oh nein, ich muss den Wagen irgendwo parken." Artikulierte Lucas unbeholfen und wandte sich zu seinem Auto. Zunächst wollte er alleine gehen, um einen Parkplatz zu finden, doch als er Leni wieder ansah, wurde ihm klar, dass er sie dort nicht stehen lassen konnte. Er nahm ihre Hand und zog sie mit zu seinem mit offener Fahrertür wartenden Auto. Erst als er eingestiegen war, merkte er, wie durchnässt seine Kleidung war. Er ließ den Motor an und lenkte den Wagen um eine Ecke bis zur nächsten freien Parklücke. Er zog die Handbremse an und sah zu Leni hinüber.

„Was machen wir nun?" Fragte er sie zaghaft.

„Ich habe noch einen Auftraggeber im „La Patata" sitzen und sollte ihm kurz erklären, was eigentlich passiert ist. Wenn du magst, gehen wir danach zu mir." Schlug Leni vor und ihr Herz begann heftig zu schlagen. Lucas war nervös. Doch er wollte genau das. Er wollte mit ihr die nächsten Stunden und Tage verbringen. Und er wollte ihr alles erzählen, was geschehen war. Er nahm ihr Gesicht in seine Hände und legte seine Stirn an ihre. Sie spürte seinen Atem an ihrer Wange. Langsam wanderte sein Mund zu ihrem hinab und ihre Lippen trafen sich, doch nach viel zu kurzer Zeit lösten sich ihre Lippen wieder voneinander.

„Lucas, wir müssen los." Stöhnte Leni wehmütig.

Lucas öffnete die Augen und wusste, dass sie recht hatte.

„Ja, lass uns gehen."

Lucas griff seinen Koffer von der Rückbank und gemeinsam rannten sie lachend durch den Regen zurück zum La Patata. Vollkommen außer Atem und bis auf die Unterwäsche durchnässt, traten sie ein und fanden Herrn Direth noch immer an dem Tisch, an dem Leni ihn Hals über Kopf zurückgelassen hatte.

„Herr Direth, ich muss mich für mein Verhalten entschuldigen, aber es kam alles so plötzlich." Stotterte Leni los.

Herr Direth nickte und lächelte nur. „Alles ist bestens Frau

Auch. Evelin hat mich gerade aufgeklärt und ich freue mich für Sie, dass es ein Happy End gibt." Leni wurde klar, dass sie ihn sehr mochte.

„Danke, dass Sie das verstehen. Ich werde die Bilder in der nächsten Woche machen und sie Ihnen zusenden."

Wieder nickte Herr Direth und stand auf. Dann gab er Lucas die Hand, der sich gerade aus einer Umarmung mit Evelin befreit hatte.

„Herzlichen Glückwunsch." Sagte er nur und beide Männer nickten sich einvernehmlich zu. Leni war überrascht, aber konnte nicht anders als lächeln. Sie war wieder komplett. Sie war wieder ein ganzer Mensch und Lucas hatte das ermöglicht. Doch immer noch gingen ihr quälende Fragen durch den Kopf, die Antworten suchten. Als Herr Direth gegangen war, kam Evelin auf die beiden zu.

„Und ihr versprecht mir, nicht wieder so einen Unsinn zu machen." Sie nahm beide in die Arme und drückte sie an sich. Leni grinste über das ganze Gesicht und lachte. Lucas stimmte mit ein und sie merkte, wie er seinen Griff um sie verstärkte.

„Nein, ich lasse sie nicht mehr los." Versprach Lucas.

Leni stand im Bad und war nervös. Ein Schauder nach dem anderen lief ihr den Rücken hinunter und sie wusste, dass es nicht von den immer noch nassen Haaren her rührte. Sie konnte es immer noch nicht glauben, dass er in ihrem Zimmer auf sie wartete. Sie hatte es sich so lange vorgestellt, doch schlussendlich war auch die letzte Hoffnung gestorben, ihn überhaupt je wieder zu sehen. Nun rubbelte sie ihre Haare trocken und zog sich die nassen Sachen aus. Leni war froh, dass Marla heute Abend nicht zuhause war. So dankbar sie ihrer Freundin auch für alles war, wollte sie doch trotzdem den Abend gerne nur mit Lucas allein verbringen. Er hatte seinen kleinen Koffer aus dem Auto mit in ihre Wohnung gebracht und sie hoffte, dass ihnen dieses Mal mehr gemeinsame Zeit bleiben würde. Leni schlüpfte in ihre warmen Sachen und betrachte sich im Spiegel. Wirklich fit sah sie immer noch nicht aus. Die letzten tränenreichen Tage hatten ihre Spuren hinterlassen. Doch nun war nichts mehr daran zu ändern und Leni nahm ihren Mut zusammen und verließ das sichere Bad. In ihrem Zimmer saß Lucas und wartete sichtlich angespannt, auf sie. Doch er lächelte, als er sie hereinkommen sah.

„Du hast dir aber Zeit gelassen." Witzelte er. Auch er hatte sich umgezogen. Leni wurde rot, als sie daran dachte, wie er unter dem Sweatshirt aussah. Leni setzte sich auf das kleine Sofa zu ihm und sah ihn fragend an. „Woher wusstest du, dass ich dich nicht vergessen habe? Christoph meinte, dass du nicht mehr mit mir reden wolltest."

Lucas wirkte mit einem Schlag traurig.

„Er hat mir erst gestern Abend nach dem Konzert erzählt, dass du da warst und mich sprechen wolltest. Und was danach passiert ist, ist wirklich völlig irre gewesen." Er schluckte kurz und begann zu erzählen.

Leni ließ ihn reden und lauschte fasziniert seiner Geschichte. Nachdem er geendet hatte, war Leni mehr als überrascht. Natürlich wollte Lucas auch Lenis Teil der Geschichte hören und wissen, wie die Frauen an ihr Handy gekommen waren. So erzählte auch sie alles, ließ aber die allzu tränenreichen Momente in ihrer Geschichte aus. „So ein Verhalten ist doch krankhaft und beängstigend." Beendete Leni ihre Version des Vorfalls.

Lucas nahm sie in die Arme. „Zum Glück sind solche Fans die Ausnahme. Normalerweise mögen sie einfach die Musik und freuen sich über ein Autogramm. Wären diese Fans die Regel, hätte ich mir einen anderen Job gesucht."

Leni musste lachen bei dem Gedanken daran, dass Lucas den ganzen Tag in einem Büro sitzen sollte.

„Nein, du könntest nichts anderes machen. Das, was du jetzt machst, ist dein Leben." Sagte sie. Lucas grinste sie an und nickte.

„Ja, du hast recht und ich würde mir wünschen, dass du auch zu meinem Leben gehörst." Leni wurde rot bei diesen Worten. Doch dann nahm sie ihren Mut zusammen und sah ihn direkt an.

„Das würde ich mir auch wünschen."

Es war inzwischen dunkel vor den Fenstern geworden und der Regen hatte aufgehört gegen die Fensterscheiben zu donnern. Leni und Lucas hatten es sich auf ihrem Bett gemütlich gemacht, um die gemeinsame Zeit zu genießen und sich in Ruhe über alles unterhalten zu können. Die Spannung zwischen ihnen war im Raum greifbar, jedoch waren sie zu schüchtern, sich wirklich näher zu kommen. Leni sah in seine braunen Augen, als er von einer lustigen Familiengeschichte erzählte und das Chaos in ihrem Inneren war nicht mehr zu bändigen. Mit einem Mal war ihre Schüchternheit wie weggeblasen und sie spürte, dass sie nur ihn wollte. Sie hatte zu lange auf seine Nähe warten müssen. Mitten in seiner Geschichte stoppte Lucas die Erzählung, da er merkte, dass Leni aufgewühlt war.

„Was ist los mit dir? Du wirkst irgendwie abwesend."

Langsam strich er ihr eine Haarsträhne aus dem Gesicht. Dann ergriff Leni seine Hand und küsste sie zaghaft. Lucas bemerkte sofort, was mit Leni los war, denn er spürte das gleiche Verlangen. Aufregung machte sich in ihm breit. Langsam legte er seine Hand an Lenis Wange und zog sie zu sich heran. Er beugte sich vor und begann langsam sie auf den Mund zu küssen. Leni fiel augenblicklich in einen Gefühlstaumel. Ihr Herz schlug einen Salto und sie bemerkte nur am Rande, wie sie die Realität um sich herum verließ. Seine Lippen fühlten sich wie in ihrer Erinnerung weich und zugleich fordernd an. Er wollte sie, das konnte sie spüren. Lucas konnte nicht mehr denken. Er schloss die Augen und spürte die Wärme, die von Leni ausging. Er zog sie noch näher zu sich heran und wartete auf ihr Einverständnis, das er weiter gehen durfte. Ein leises Stöhnen entwich ihren leicht geöffneten Lippen und er wertete dies als Aufmunterung. Langsam küsste er ihren Hals und bemerkte eine kleine Narbe an ihrem Schlüsselbein. Er liebte dieses zarte Mal augenblicklich und strich leicht darüber. Sofort sah sie ihn an und ihre Blicke verschmolzen. Dann, ohne Vorwarnung, legte Leni ihre Hand an den obersten Knopf ihrer Bluse und öffnete sie. Süße, wundervolle Verheißung wartete dort auf ihn.

Leni wurde von einer leichten Unruhe in ihrem Inneren geweckt. Während sie langsam zu sich kam, bemerkte sie plötzlich die Wärme in ihrem Rücken und musste augenblicklich lächeln. Sein Atem kitzelte sie im Nacken. Ihre Aufregung verflog sofort und eine tiefe Ruhe breitete sich in ihr aus. Langsam schloss sie wieder die Augen und genoss den

Moment der Zufriedenheit. Noch einmal rief sie sich die Szenen des gestrigen Abends ins Gedächtnis und lächelte. Immer noch brannten seine Küsse auf ihrer Haut. Völlig unerwartet und noch in Gedanken an die letzten Stunden, hörte sie plötzlich die Haustür ins Schloss fallen. Leni schlug ihre Augen auf und wusste, dass sie aufstehen musste. So leise, wie es ihr möglich war, versuchte sie sich aus dem Bett zu schleichen.

„Willst du mich schon wieder allein lassen?" Hörte sie Lucas schmollend fragen und sah sich um. Dort lag er, mit verwuscheltem Haar und strahlte sie an. Leni musste augenblicklich lachen.

„Nein, bestimmt nicht. Aber Marla ist gerade nach Hause gekommen und ich möchte sie auf dich vorbereiten." Erklärte sie ihm leise.

„Ich möchte nicht, dass sie wieder einen Schock erleidet." Beide mussten grinsen. Dann beugte Leni sich zu ihm herunter und gab ihm einen zaghaften Kuss. Lucas hielt sie fest und zog sie in eine kurze Umarmung. Auf der Stelle wurde Leni bewusst, dass er immer noch nackt unter der Bettdecke lag. Sie wurde rot und hasste sich dafür. Lucas sah sie belustigt an.

„Na, geh schnell." Er ließ sie los und kuschelte sich noch weiter unter die Decke.

„Ich werde mir dann auch mal wieder etwas anziehen." Witzelte er. Leni knuffte ihm in den Arm und verließ das Zimmer.

Eine breit grinsende Marla wartete in der Küche auf Leni. Ihr waren die Männerschuhe neben der Haustür wohl nicht entgangen.

„Hast du dich mit deinem Arbeitgeber abgelenkt? Das hätte ich nicht von dir erwartet." Stichelte Marla augenblicklich, als Leni die Küche betreten hatte. Leni schüttelte den Kopf.

„Ich wünsche dir auch einen guten Morgen." Grinste sie zurück.

„Hätte ich das gewusst, hätte ich doch mehr Brötchen mitgebracht." Überlegte Marla laut.

„Es ist nicht so, wie du denkst." Begann Leni zu erklären, doch Marla unterbrach sie.

„Ist schon ok, ich kann das voll und ganz verstehen. Du bist halt auch nur ein Mensch und ich denke, dass du dich in letzter Zeit genug malträtiert hast."

Plötzlich stand Lucas in der Tür und zog Leni zu sich heran.

„Es tut mir so leid, dass du so leiden musstest." Marla war der Atem gestockt und Leni bemerkte aus den Augenwinkeln, dass sie das Paar mit offenem Mund anstarrte.

„Das glaube ich jetzt nicht! Ihr seid mir eine Erklärung schuldig!"

Lucas machte ein reumütiges Gesicht. Doch Leni musste lachen und die schockierte Marla stieg mit in das Gelächter ein. Lucas löste sich von Leni und schloss Marla freundschaftlich in die Arme.

„Danke, dass du für Leni da warst, als es ihr so schlecht ging." Flüsterte er ihr ins Ohr. Dann streichelte er ihr über den Rücken und löste sich wieder von ihr.

„So Mädels, wie ich gehört habe, gibt es nicht genug Brötchen für alle. Ich geh' los und besorge welche."

Er gab Leni einen Kuss auf die Stirn und ließ die beiden Frauen in der Küche zurück. Als Leni die Tür ins Schloss fallen hörte, stieg ein mulmiges Gefühl in ihr empor. Sie eilte zur Wohnungstür und riss sie auf.

„Aber du kommst wieder?" Rief sie Lucas hinterher. Sie vernahm ein Lachen aus der Etage unter ihr und eilige Schritte, die wieder zu ihr hinauf kamen. Lucas drückte Leni abermals an sich und küsste sie.

„Ich werde immer wieder zu dir zurückkommen." Dabei zog er einen kleinen Anhänger aus der Innentasche seiner Jacke und Leni bemerkte, dass es der war, der ihr mit dem Handy zusammen gestohlen worden war. Ein breites Lächeln zeigte sich auf Lucas Gesicht und er legte ihr den Anhänger in die Hand. Leni freute sich unbändig darüber und umgriff Lucas Taille. Dann küsste er sie liebevoll auf den Mund und flüsterte ihr ein „bis gleich meine Kleine" ins Ohr. Damit wandte er sich um und stieg wieder die Treppe hinab. Eine tiefe Zufriedenheit stieg in Leni empor und mit einem Lächeln im Herzen schloss sie Tür.

- ENDE -

Epilog

Das kleine Fenster war nur angelehnt und eine warme Brise kitzelte sie an der Nase. Langsam öffnete Leni die Augen und drehte sich auf die Seite. Mit ihrer Hand tastete sie auf die Bettseite neben sich. Sie war leer. Doch diesmal bekam Leni keinen Schrecken. Sie wusste, dass er hatte früh aufstehen müssen. Zu Beginn ihrer Beziehung hatten sie beide ständig Verlustängste erlitten, doch langsam hatten sie den Schock der ersten Wochen überwunden. Etwas knisterte unter ihrer Hand. Die Neugier ließ ihr keine Ruhe und sie setzte sich auf, um zu sehen, was auf dem kleinen Zettel geschrieben stand.

„Guten Morgen mein Engel. Ich hoffe, du hast gut geschlafen. Ich wollte dich nicht wecken, da es gestern ja ein wenig später geworden ist."

Ein Lächeln huschte über Lenis Gesicht. Bei den Gedanken an die letzte Nacht wurde sie rot. Schnell las sie weiter.

„Ich habe uns zum Mittag einen Tisch im „Très Chaud" reserviert und es würde mich sehr freuen, wenn du mich begleiten würdest. Bis später, in Liebe Lucas."

Sofort war Leni hellwach und sah auf die Uhr. Es war bereits elf Uhr. So lange hatte sie während ihrer gesamten Reise nicht geschlafen. Schnell stieg sie aus dem gemütlichen Bett und lief barfuß ins Bad, um sich für den Tag frisch zu machen. Eine halbe Stunde später stand sie ausgehfertig in dem geräumigen Wohnbereich der Suite und hängte sich ihre Handtasche um. Dann öffnete sie die Zimmertür und begrüßte wie jeden Morgen, seit sie mit Lucas reiste, Vincent, ihren persönlichen Bodyguard. Leni fand es ziemlich übertrieben, aber Lucas hatte nicht mit sich reden lassen. Er wollte nicht, dass ihr noch einmal etwas zu stieß.

Zu ihrem Glück konnte sie Vincent gut leiden. Gemeinsam durchschritten sie die anmutige Lobby des Hotels und traten in den Sonnenschein hinaus. Inzwischen kannte sie sich ein wenig in Paris aus und sie hatte diese Stadt lieben gelernt. Der Trubel und die vielen verschiedenen Sprachen, die an ihr vorbei flogen, ließen sie lächeln.

„Wo darf ich Sie heute hinfahren, Mademoiselle Auch?" Fragte Vincent, wie immer überaus höflich.

„Danke Vince, aber ich würde das Stück zur Sacré Coeur gerne zu Fuß gehen." Antwortete sie.

Vincent schien darüber nicht sehr glücklich, doch er widersprach ihr nicht. Gemeinsam reihten sie sich in den Fluss der flanierenden Fußgänger ein und Leni genoss die Sonne auf ihren nackten Schultern. Nach weniger als zehn Minuten Fußweg hatten sie die Kirche erreicht und stiegen die Treppen zu ihr hinauf. Es war schweißtreibend, doch Leni gefiel der Aufstieg. Am oberen Ende der Treppen sah sie eine aufgebaute Bühne vor sich aufragen, welche sich über eine gigantische Breite erstreckte. Leni war überwältigt von diesem Anblick. Wie würde es erst nachts aussehen, wenn die Strahler die Bühne zusätzlich in Szene setzten?

Sie liefen an der Seite der Bühne vorbei und kamen an eine Absperrung. Wie sehr Leni diese Dinger inzwischen hasste, aber sie wusste, dass sie notwendig waren. Schnell zog sie ihren Backstageausweis aus der Tasche und zeigte sie dem freundlichen Securitymann. Wie sie bereits wusste, hieß er Pierre und hatte, wie es schien, ein Auge auf Vincent geworfen. Die beiden Männer lächelten sich vielsagend an.

„Vince, ich glaube, hier komme ich auch ganz gut alleine zurecht. Wenn du magst, kannst du gerne einen Kaffee trinken gehen." Entließ sie Vince augenzwinkernd am Tor und hielt Ausschau nach Lucas. Ein Stück weiter konnte sie Peg entdecken, die ihr fröhlich zuwinkte. Plötzlich wurde sie von hinten umarmt. Leni musste lachen und drehte sich um. Und da war er und strahlte sie an.

„Hallo meine Hübsche, ich hatte nicht mit dir gerechnet. Aber schön, dass du da bist."

„Ja, ich dachte, ich hole dich ab. Dann können wir von hier aus zusammen zum Restaurant gehen," unterbreitete sie ihm ihren Plan. Wieder küsste er sie und Leni genoss es. Dann sah Lucas auf und runzelte die Stirn.

„Ich muss da hinten noch kurz etwas klären, kommst du einen Moment alleine klar?" Fragte er.

Wie immer wirkte er besorgt um sie, seitdem sie bestohlen worden war.

„Ja natürlich, wir sehen uns gleich." Lächelte Leni ihn an. Lucas küsste sie auf die Wange und ließ sie dort stehen. Langsam ließ Leni alles auf sich einprasseln. Wie unglaublich schön, dieses Wirrwarr aus Menschen, die gehetzt hin und her liefen, doch war. Als sie sich umdrehte, konnte sie über halb Paris schauen. Leni konnte sich in diesem Moment nichts Besseres vorstellen und genoss den Anblick. Eine tiefe Zufriedenheit durchzog sie und sie hoffte, dass dieses Leben nie enden würde.

Danksagung

Ich danke den unterstützenden und mich begleitenden Menschen in meinem Leben, die mir mit Rat und Tat zur Seite gestanden haben. Es ist viel Zeit vergangen vom ersten Wort bis zum letzten Punkt.

Kati, Dir danke ich für Deine ersten Gehhilfen. Ohne Dich wäre ich nicht mal über das erste Kapitel hinaus gekommen. Franzi, ohne Dich wäre dieses Buch mit Sicherheit nicht das geworden, was es nun ist. Es war toll mit Dir über die Charaktere, Namen und Hintergrundgeschichten zu sprechen. Doch natürlich haben mir besonders Deine liebevollen Randnotizen das Korrigieren erleichtert.

Ich danke auch Dir, meine geliebte Oma, für Dein immerwährendes Interesse an der Geschichte von Leni und Lucas und Deine aufmunternden Worte. Danke!

Und zu guter Letzt danke ich meinem Mann, der mich ermuntert hat, weiter zu schreiben, der mir die Zeit gelassen hat, mich ganz in diese Geschichte zu werfen, und sie zum Leben zu erwecken. Grazie amore.

Nun ist es geschafft, und Ihr seid zu einem Teil meiner Geschichte geworden. Zur Geschichte von Leni und Lucas. Danke!